南方人文。駐地書寫

海邊有夠熱情

永安、彌陀、梓官、蚵仔寮

鄭順聰／著

林建志／繪　盧昱瑞、鄭順聰／攝

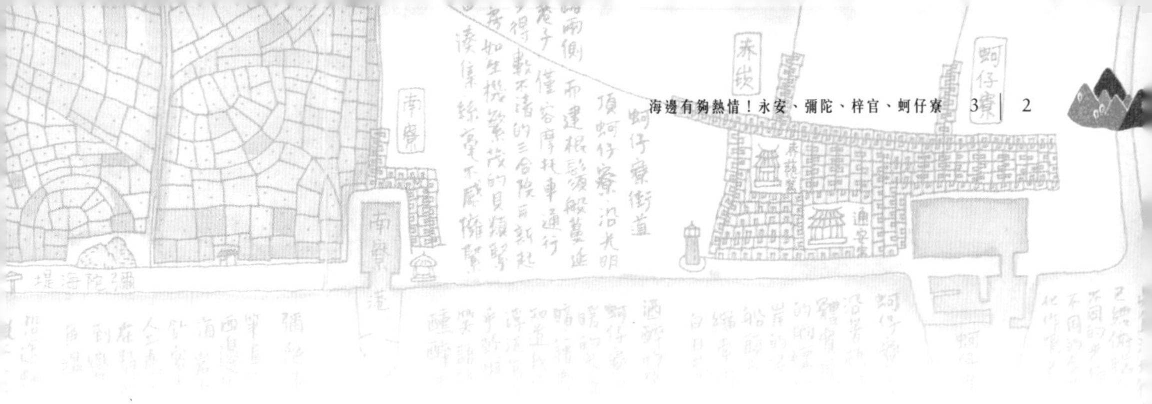

南方人文・駐地書寫

海邊有夠熱情

鹽田
柑仔店
火力發電廠
新港宮
永新港

市長序

城市靈魂的永恆誦歌

為了勾勒描繪大高雄現今山海、田園以及都會等多元樣貌，此次「南方人文駐地書寫」計畫，締創有史以來最龐大的陣容，集結文學創作者、影像工作者及插畫家，深入高山、海港、農園以及現代大都會，讓文學家蹲點創作，團隊們深刻紀錄，並且走入基層的庶民生活，與大地熱情擁抱，為城市多樣的靈魂，譜出一首首永恆的文學誦歌。

大高雄自從縣市合併後，整個城市壯大雄偉了，不但從平原向高山大海延伸，並且從繁華都會擴展到綠意田園。為了發揚高雄市文學與土地結合的在地書寫軸線，「南方人文駐地書寫」計畫，策畫邀請在地創作團隊，走入南台灣生命力最為旺盛的大城小鎮。

這一系列的文字創作，包括汪啟疆《山林野旅手札》、郭漢辰《穿走母親河畔》、李志薔《臨海眺望》、鄭順聰《海邊有夠熱情》、劉芷妤《TO西子灣岸——我親愛的永無島》以及徐嘉澤的《城市生活手

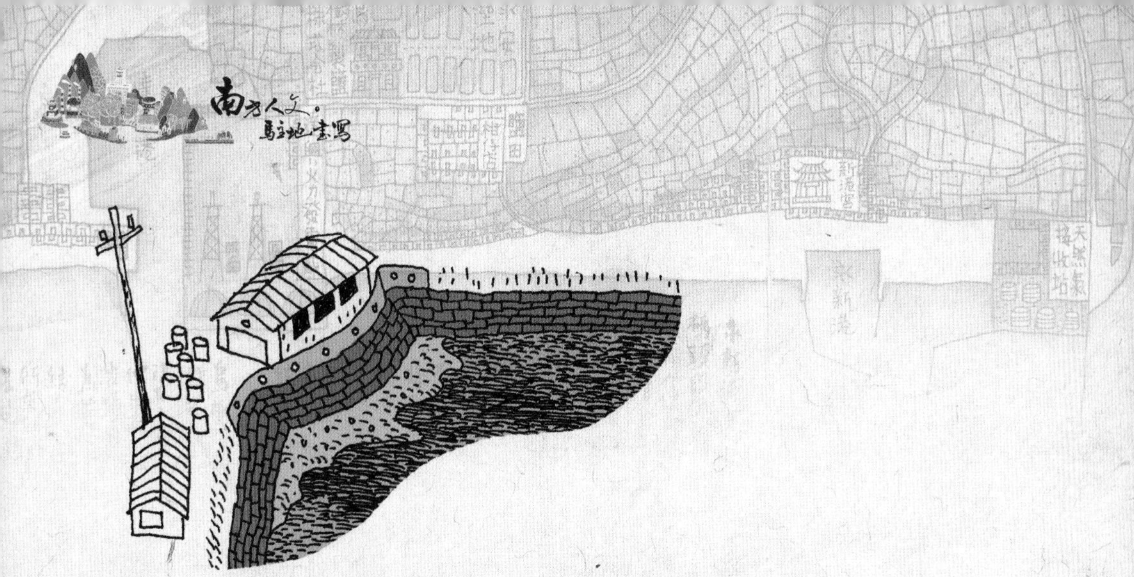

帳》，作家不但行走在大高雄崎嶇山林、綿長海邊，還在田園中成為一顆旺來，想像自己如何在大地的擁抱裡奮力成長。作家們還在浪濤聲中以及大都會的霓光彩影裡，傾聽孩子們及青年人的心聲，他們在上山下海遍地書寫中，賦予在地書寫更豐盛的新生命。

創作者還努力挖掘在土地、海港、山林等辛勤工作人們動人心弦的好故事，將關懷視野，灑遍大高雄每吋土地，深刻觸及莫拉克災區和弱勢小朋友的議題，讓大高雄生命的熱度，轉化成一個個發光發熱的文字光點。此外，為了讓作家所勾勒的大高雄立體化，我們動員了攝影師、插畫家、紀錄片或短片拍攝團隊，以現今多元藝術媒介的操作，留下一抹抹創作者與土地接觸的動人身影。

從此以後，讓我們從作家的文字裡，呼吸山林最清淨的空氣，學習大海寬闊的胸襟，更要像一顆汲取天地養份的旺來，最終無私奉獻的精神。我相信，在這座由文學搭建的城市裡，未來將有更多創作者，行走在大高雄的每個角落，讓文字飛揚成一首首永恆的誦歌。

高雄市市長

陳菊

局長序

遍地開花的文學種籽

縱觀國內外最好的文學創作，幾乎都是深耕地方，從自己生長的大地上，紮根、萌芽，最後遍地成林，綠意盎然。大高雄「南方人文駐地書寫」計畫，開啟大高雄地方書寫新扉頁，不但由文學創作者，將一顆顆文學種籽帶到山林，攜至海濱，歸回田園，並且栽種在大都會的柏油路上，無論環境多麼惡劣，種籽照樣衝破任何橫逆美麗開花，在我們這座城市裡，綻放恆久的文學芬芳。

參與這次書寫工作的文學創作者，代表大高雄地區不同世代的文學視野，深入大高雄地區從平原到海邊又深入山區的特殊環境。其中著名的海洋詩人汪啟疆，放下了擺放在他心中一輩子的海洋，走入那片在八八風災被重創的山林，寫下了《山林野旅手札》，以最卑微崇敬的心，傾聽上天透過災劫告知人們，要重新禮敬大自然的訊息。

中壯年作家郭漢辰則走訪大高屏溪畔，以《穿走母親河畔》書寫河岸農業、古蹟以及藝術產業萌芽茁壯的全新蛻變。導演及小說家李志薔在《臨海眺望》，以影像般的精確文字，繪寫高雄港岸二十多年的蜿蜒記憶及變化。作家鄭順聰在《海邊有夠熱情》裡，以輕巧靈動的文筆，為魅力無窮的蚵仔寮與周近地區，描繪一個個生活在市井海港的小人物。

青年作家徐嘉澤在《城市生活手帳》中，藉著手帳式的景點隨筆，記錄下自己再也熟悉不過的高雄，描繪出部分私密和部分屬於大眾的這座城市。劉芷妤的《TO西子灣岸——我親愛的永無島》，以一篇篇看似童話般的故事，書寫出在城市角落裡等待被關懷的小朋友們。

我相信，每個人心中各有一幅大高雄的城市地圖，如今我們更希望透過大高雄作家們這一系列的深入書寫，讓人們都能握取到打開自己城市記憶地圖的鎖鑰，勇往直前走入自己的山林大海，傾聽山風浪濤的無盡密語。

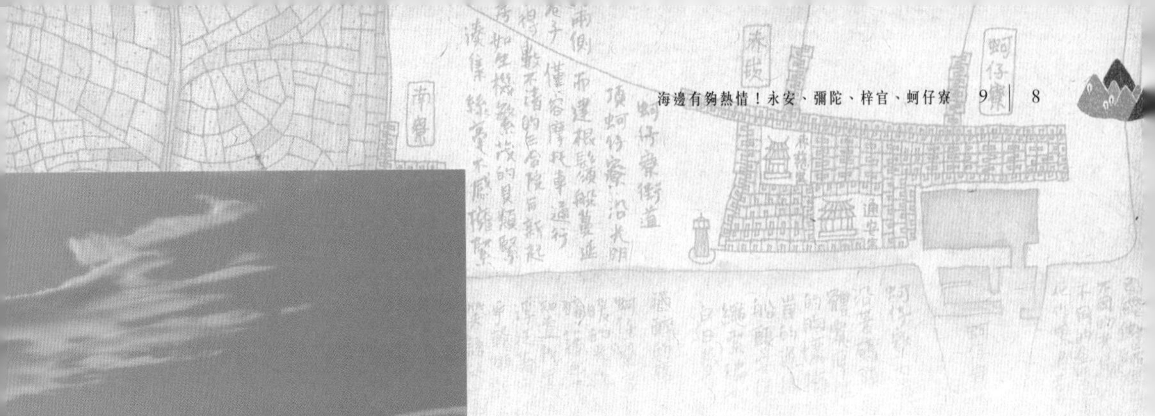

最終我們會走入寧靜的田園，把耳朵俯貼在大地上，聆聽到每顆看似平凡又不平凡的文學種籽，開始他們在人間的心跳。然後，我們會親眼看見他們在眼前，遍地成林遍地開花，大高雄成了一座綠意花香的文學城市。

高雄市文化局局長

漁船出港。

作家寫作者

鄭順聰，其實是個「非典型詩人」

李志薔

他沒有一般對詩人的刻版印象，比如說：氣質憂鬱、文質彬彬；或比如說：詩人該有的純真、浪漫，不識柴米油鹽。平日和他閒談、相處，有時我也會懷疑，眼前這個口無遮攔、嘴上無毛的魯男子，究竟是如何寫出那樣意象繁複、深沉多情的詩句？

但我們又其實又特別喜歡和順聰相處。在《聯合文學》雜誌時期，他是我們的文壇八卦中心，專門提供無傷大雅的小道消息佐酒。有時他又是我們的開心果，在大家互訴文學路難的道上，樂觀地撒下幾片歡笑的花瓣，讓大家在酒過三巡之後，又各自有了拚鬥下去的力氣。

如果你認識他再深一點，會發現他那看似吊兒郎當、隨遇而安的外表底下，其實藏著一個天真的老靈魂。他喜歡一切老的事物。老街、老房子、老地圖、舊書、老街廓和古早味。

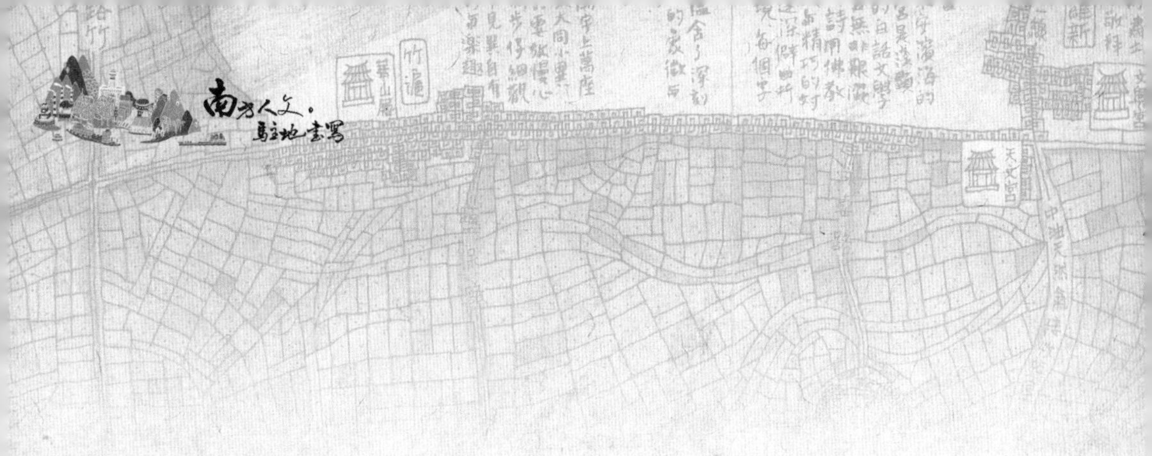

就像此番他為「南方人文．駐地書寫」前往高雄海線踏查，夜間呼朋引伴狂歌縱酒，不管文人、白丁、生張熟魏，皆在他妙趣的話頭裡鬧成一片，這就是順聽的魅力。我也期待高雄海線漁港在這老靈魂的筆下，可以一點一滴活出他們的生命來。

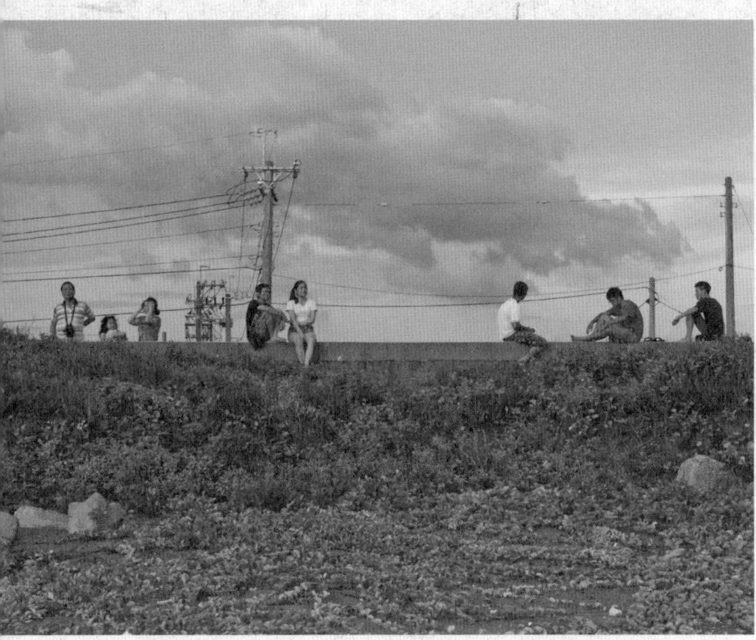

望海的人們。

作者序

我的海岸晃遊

鄭順聰

我大學四年讀中山，對高雄存有特殊的情感，海伴著山的西子灣，是柴山的最南端，一路向北，過左營就是蚵仔寮漁港。這個傳統的閩南聚落，風景狂放，居民熱情豪爽，相對於西子灣的人文氣，蚵仔寮的草莽氣息更為豐富迷人。

趁此駐地書寫的機會，我這個農村出生、工廠長大的內陸孩子，藉自己研發的晃遊方法，探索、描繪、聯想、渲染，這本「野書寫」得到充分的伸展，套句俗爛的話，像天一樣高，像海一樣深。

海邊有夠熱情，請大家瘋狂奔赴。

作者簡介

（Kevin／攝影）

鄭順聰，嘉義縣民雄鄉人，中山大學中文系，台師大國文研究所畢業。

曾任《重現台灣史》主編，《聯合文學》執行主編。

著有《時刻表》、《家工廠》、《晃遊地》。

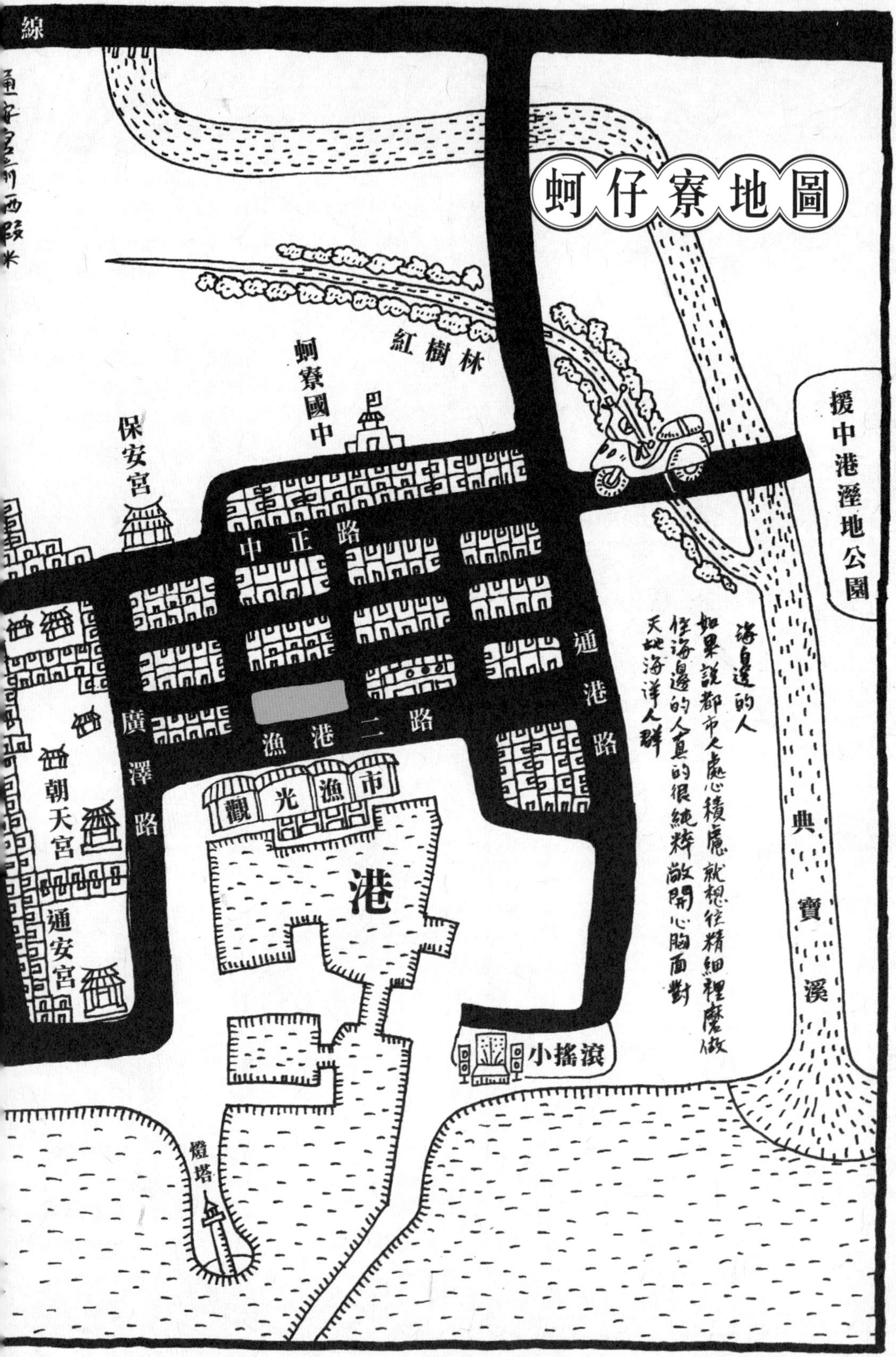
蚵仔寮地圖
線
紅樹林
蚵寮國中
保安宮
中正路
通港路
廣澤路
漁港二路
觀光漁市
港
朝天宮
通安宮
小搖滾
燈塔
典寶溪
援中港溼地公園
海邊的人
如果說都市人處心積慮就想往精細裡磨做
住海邊的人真的很純粹敞開心胸面對
天地海洋人群

律是均勻的波浪
觀海府前
入夜的海港惝恍迷魅令旗一排迎風挺拔軒昂
路燈與廟前的探照光在水泥路面交錯渲染出
迷幻的色彩
赤崁古厝
海神鼓起浪濤摘去古厝屋頂再用海風
與鹽慢慢侵蝕想去創造殘破荒涼的美
猶如古羅馬的遺跡那樣滄桑
那樣美麗那樣偉大
赤崁東路
代天府
有寮三合院
禮仁路
光明路
赤崁南路
赤慈宮
蚵寮國小
觀海府
共和路
赤崁古厝

內心戲

Q：為什麼要晃遊？

A：捉住一個核心，在四周隨機亂跑，才會中樂透。

Q：不怕迷路嗎？

A：因為迷路，所以迷人。

Q：回不去怎麼辦？

A：台灣很小，不要像少年PI那樣悽慘，肯定回得去。

Q：那還偏向海邊走？

A：我是作家，靈感在那兒管區大。

Q：墾丁、西子灣、淡水、花東海岸不是比較好？

A：太熱鬧。

Q：寂靜的海岸到處都是，為何偏往那邊走？

A：那時我二十歲，讀中山大學，一放暑假，從高雄西子灣回嘉義老家。騎摩托車經過時，看海邊那麼闊，忍不住就繞了過去。傍晚時分，漁村正在酬神，我買了份糯米腸包香腸，在空蕩的廟埕看歌仔戲，整個世界，彷彿只剩下我一人。距今十多年，我想重溫感動。

Q：找到那漁村了嗎？

A：沒，早忘記長什麼樣。

Q：豈不白跑一趟？

A：不！那是處生機繁盛的漁場，回憶如網，一拉起，我看到：流動的盛典、蝦米舞台、海口人的熱情、殘破古厝、夕陽、檜木浮標、縱橫魚塭的不老騎士、海洋百科全書、原住民美麗的簍子、柑仔店、廟、走路的詩、卡夫卡之山、糯米腸的祕密，而且，路走到盡頭，就是不可思議之海……

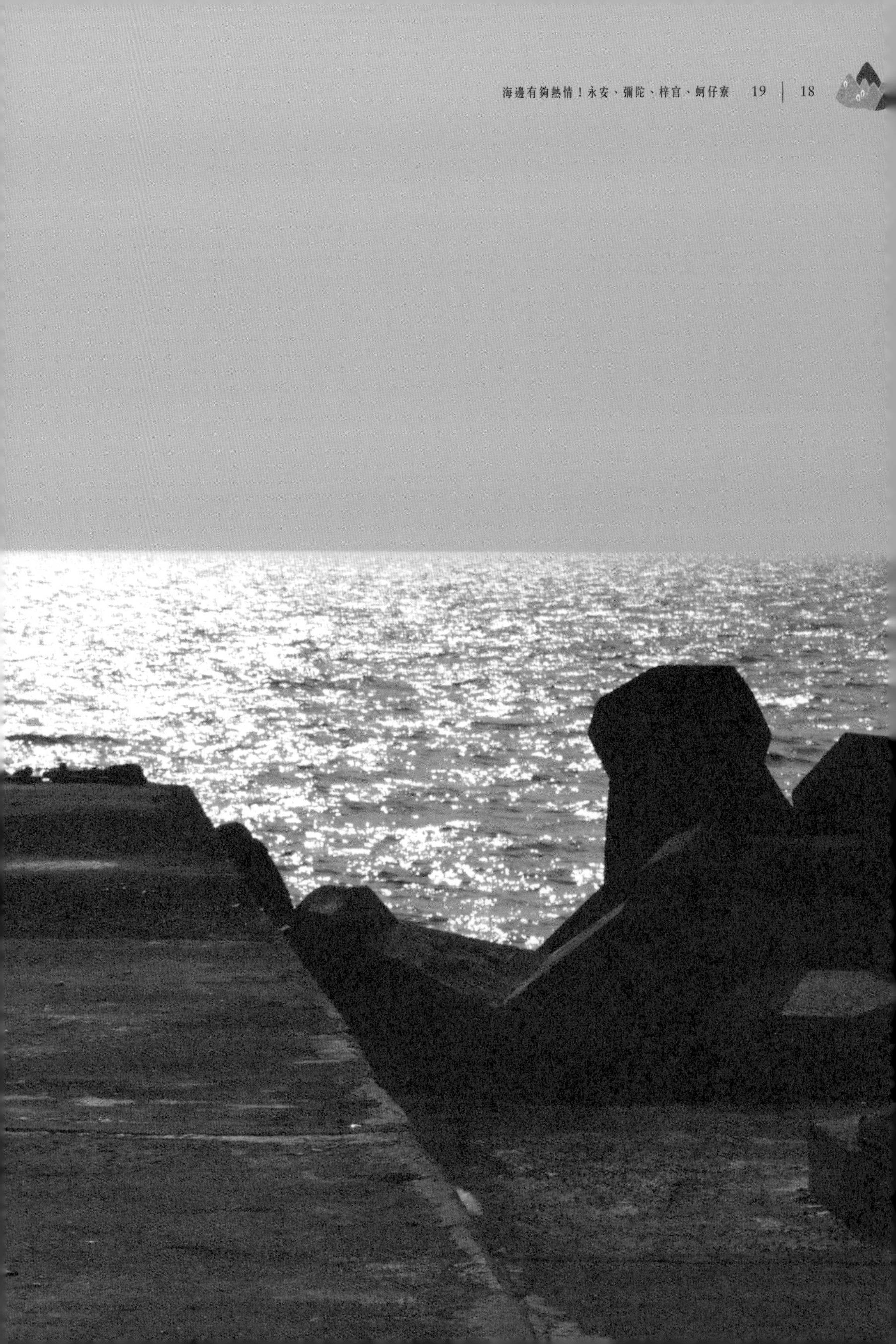

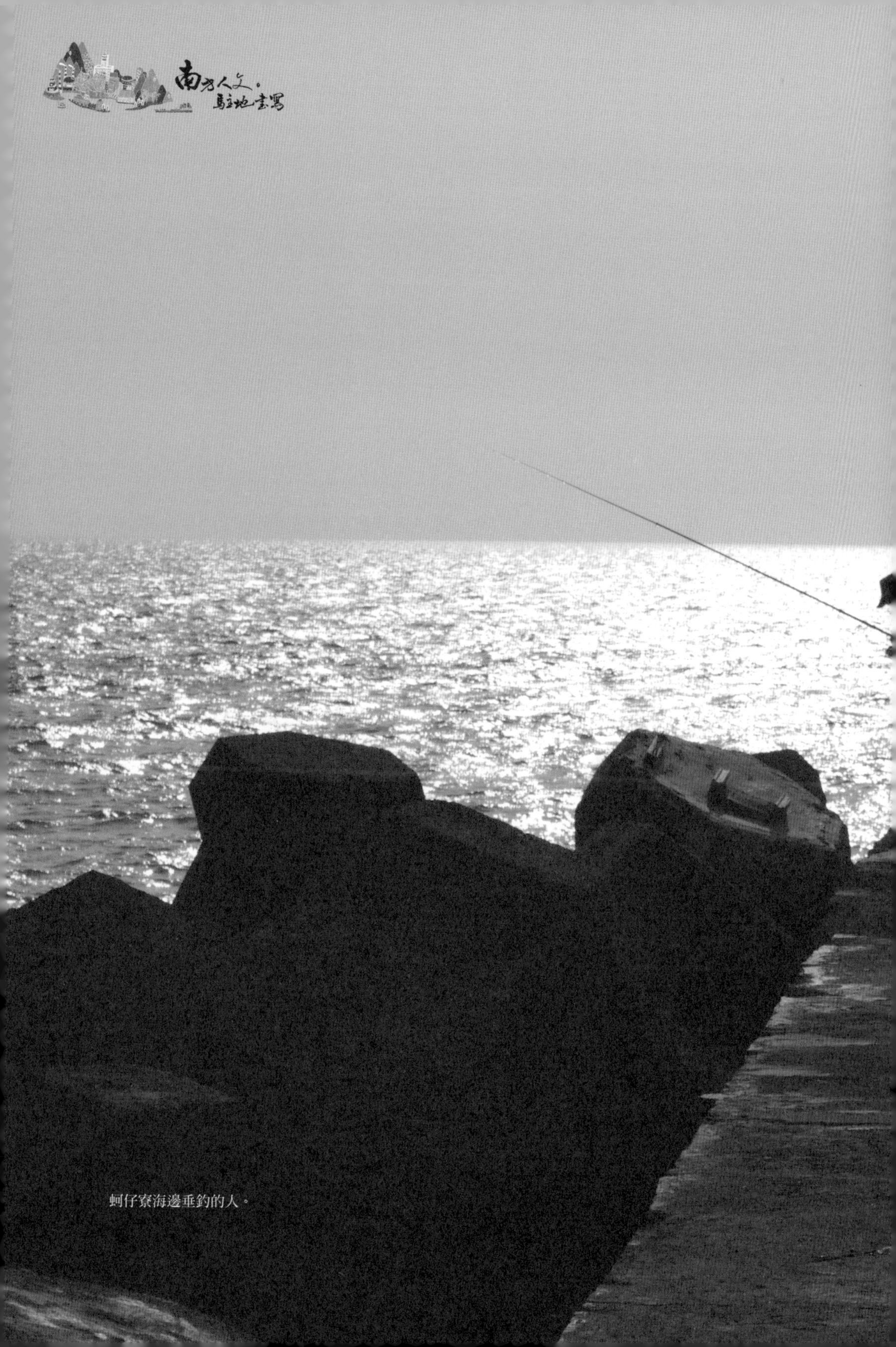

蚵仔寮海邊垂釣的人。

未能到站的公車

不見船隻魚兒，也沒聞到鹹腥的味道，隨著公車一站過一站，我知道，海就在不遠處。

在左營火車站，我搭上小型公車「紅53」，讀景色、寫筆記，這是台灣典型的郊區，介於城市與鄉野間，筆直的柏油路領著車輛漫漫前行，有時擠入喧嘩的市區，空曠處又浮現荒枯瑣碎的意象，一緊一鬆間，我在筆記本寫下：右昌、三山街、援中港、大舍南路、典寶橋……想像這些地名的來由，定沾著泥土與鹽，包藏時間的斑斑印記。

然而，筆記本中最顯眼的，莫過於海軍營區那八個擘窠大字：「忠貞熱烈　奔赴海洋」。

是我現下心情之寫照。

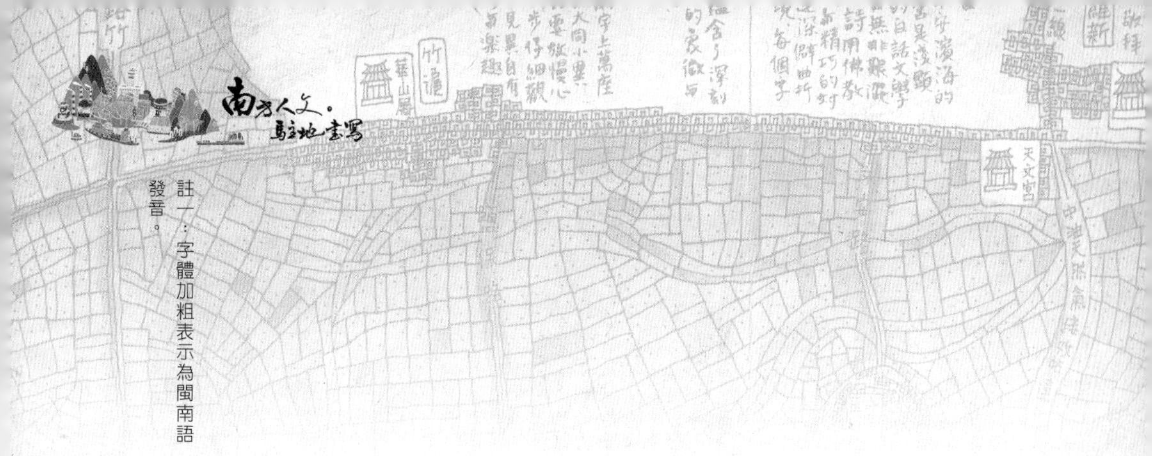

目的地蚵仔寮就要到了，將筆記本收進書包，頻頻探頭，深怕坐過站。從台十七線轉進典寶，下一站「代天府」未到，已聽到鑼鼓喧天，公車與陣頭迎面相會，被香客、鞭炮、轎子、神像所包圍，車門打開，乘客魚貫下車，竟剩下我一人。

公車司機悻悻然轉頭問：

「**你卜去兜位**[註一]**？**」

「蚵仔寮。」我從車尾衝至駕駛座旁。

「**頭前過膾去，你卜佇遮落車否？**」

「要不要等一下，等陣頭過去再繼續走。」

「**麥講耍笑啦！陣頭愛行足久，沒法度啦！**」

「**蚵仔寮擱足遠，拜託，載我去，行別條路。**」

註一：字體加粗表示為閩南語發音。

「我試看覓，行另外一條路，同款會擋著啦！」

「拜託！拜託你啦！」

站在駕駛座旁，看著車頭探入巷口些許，後退，一百八十度大轉彎，香客、神轎、鑼鼓陣自動退讓，騰出迴旋空間。

脫離陣頭後，司機瘋狂加速，依原路而回，右轉穿越巨大牌樓，出現一座橋樑，那景象有點眼熟。我想起，幾個月前到蚵仔寮，就走這條路，看到清新的道路列植行道樹，心中大喊：

「蚵仔寮到了，繞路成功！」

迎面是一排透天厝，現代化的社區新穎齊整，陣頭又出現了，公車被擋在一間廟前：

「這聲真正嬒過啦！」司機說。

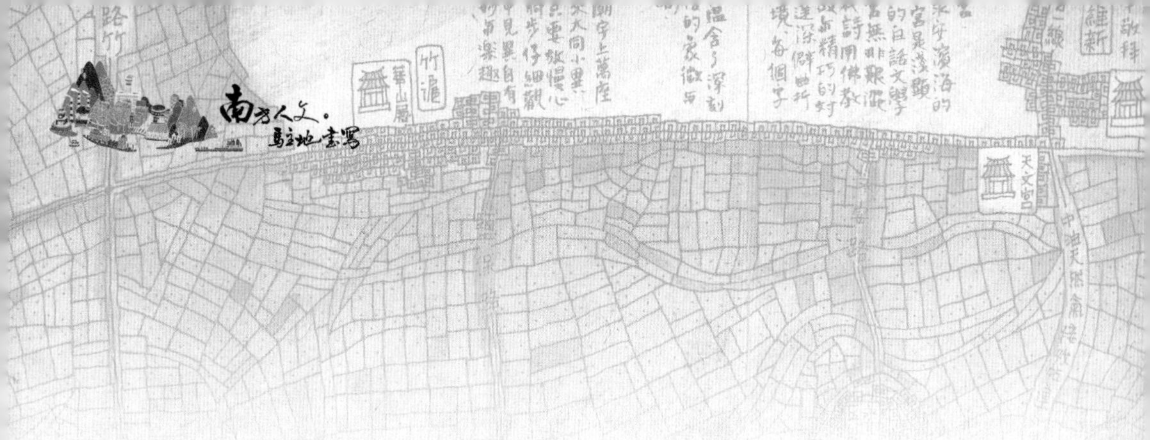

沒辦法，我只好拖著行李下車，請民宿主人芷玲來接我。

等待的空白時刻，我隨意觀覽，看到攤販正在準備，廟埕旁疊放許多桌椅，晚上似乎要辦桌。最特別的是，廟門緊密，綁上紅色彩帶，牌匾題「保安宮」。

陣頭到了路口就猛放鞭炮，一段接一段，好似綿綿無盡頭。

芷玲終於出現了，我興奮地說起剛才的奇遇。

「我們海邊的熱鬧都辦很大，大家都很熱衷廟會。」芷玲說。

「是啊，從典寶代天府熱鬧到這裡，隊伍真長。對了，是哪間廟在熱鬧啊？」我問。

「就你旁邊這間啊，今天是保安宮的大日子。」芷玲的臉上堆滿笑容。

從蚵仔寮漁港可望見遠山。

流動的盛典

還是在地人厲害，總能找到捷徑避開壅塞，巷子看似越走越窄，到盡頭隨即豁然開朗，終於來到民宿「有寮三合院」，是此地標準的紅磚瓦屋，正廳恭奉著媽祖，篆煙裊繞散發紅色微光，聖氛宛然寧馨。

電音三太子。（鄭順聰／攝影）

三合院正身伸出左右廂房，左邊是主人的大伯與三叔所住，民宿則在右邊，由外到內依序是客廳、臥室、廚房、飯廳以及我入住的房間，有木床墊高的大通鋪，屋頂的楹木組構古樸的天宇，還有小樓梯通往儲藏室，閩南語叫「**半拱**」，是先民精心的夾層設計。

不遠處傳來鞭炮聲，行李放好我等不及就要去湊熱鬧，急促的腳步

威風凜凜的大神爺。（鄭順聰／攝影）

抽離深長巷弄，來到光明路，當頭就是氣派的大神爺，頭頂彩冠、背插令旗、錦繡滿衣、大搖大擺。大神爺就是八家將，其中四季神的臉部彩繪華麗眩目，春大神乃蓮花紋路、夏大神表情威嚴、秋大神黃顏虎面、冬大神深綠鳥喙，各種花紋顏色繚繞成繁複的美……

鑼敲鼓打，鞭炮炸開耳膜的此時，我想到，現代城市的美術館，藝術品是靜止的，人得移步觀賞細諦，空間是封閉的，觀眾的聲音最好降到零。然而，在我眼前的大神爺，藝術品般神氣走動著，觀賞者反倒佇立在旁，街道流動歡跳，音量越大越好。

陣頭一波又一波，目不暇給：先是舞獅團，鼓聲重低音撼人，獅頭猛然轉動間，眼睛靈動逗趣。馬路突然空出來，我伸長頭，看到一個黑矮的神偶，原來是八爺斜著身走來，後頭當然是全身縞素、舌頭吐長的七爺，身高已創金式世界紀錄了，頭上還頂冠，題字「一見大吉」，這黑白的俐落，讓陣頭的色彩稍稍疏朗些。然後，來了群阿媽，包頭巾擔著彩籃施施然而來。氣氛突然冷肅，黑衣男

花籃會。（鄭順聰／攝影）

子頭戴竹籃，猶如古代被羈押的罪犯，城隍爺在後頭壓陣，轎內的神像比例等同真人，治理陰間的首宰，官威凜凜。北管樂社真是清音雅樂、媽祖娘娘母儀威嚴……高潮來了，三太子跟在小發財車後頭，前奏響起，本來散亂四處的調皮小子迅即整隊，大跳神明界的熱舞，超重低音與高尖頻率挑戰眾人的耳膜，風馳電掣，路兩旁的人群忍不住鼓掌歡呼。

這流動不知還要多久，我有點餓了，逆著陣頭而行，信眾在路旁擺桌敬拜，芷玲一邊走一邊忙著打招呼，這位是某某親戚，那是國小同學的媽媽，又有誰誰誰……芷玲說這家八寶冰不錯吃，那家舊街屋住著算命仙……走到市場口，有個小攤正煎著蔥油餅，招牌跳出我從未看過的名詞：白糖粿。

「這是啥？」我問。

「你沒吃過嗎……簡單來說，就是炸過的麻糬。」芷玲回答。

只見老闆搓揉糯米糰，拉成長條狀下鍋油炸，用鐵夾持續翻動，待糯米糰膨脹成金黃色，便夾至濾網上滴油降溫，最後，沾上摻雜黑芝麻的糖粉，放入塑膠袋交給我。我撮口吹涼，小心咬下，外皮酥脆是第一個感覺，喀滋喀滋聲，好響！油香流溢，與甜而不膩的糖粉融合，漸漸凝縮成黏韌口感，芷玲所言不差，果然像麻糬。

「**浮圓仔燒水煮，白糖粿油來糋，原料是同款矣。**」老闆的解釋言簡意賅。

光明路往南直行，到通安路交叉口便縮窄成巷，轎車無法通行，類同T字路口。通安路往西，樓房夾峙，光線陰暗，走到底就是朗澈的大海，陣頭從那邊迤邐而來，轉進巷內的廟宇，繞回通安路，又轉出去到另一間廟，再繞回來……巡繞的路線猶如拉鏈，穿好沐聖的外套，抵擋人世的霜刀冷箭，將平安富足緊緊包護著。

天上聖母。（鄭順聰／攝影）

八爺。（鄭順聰／攝影）

北管樂社。（鄭順聰／攝影）

漁村古厝的六角形鋪地。（鄭順聰／攝影）

蝦米舞台

芷玲帶著我走到通安宮，主祀廣澤尊王，是這裡的公廟，即整個蚵仔寮的信仰中心。

坐在白菜頭柱子頂起的清涼拜殿下，任海風自在吹拂，我望向廟埕，想起上次來蚵仔寮，非海鮮、逐浪、民俗采風之故，那是蚵仔寮在地的熱心人士，在某次聚會中突發奇想，想在海邊開搖滾演唱會。沒想到，發想成真，晚霞做伴的小沙灘旁，唱起了最豪情的搖滾，吸引遠道而來的遊客、全家大小、搖滾咖或單純想在海邊聽歌的人……我本就對蚵仔寮充滿好奇，有了小搖滾的動因，遂跟朋友開車前來。

那天，我提早到活動現場，海灘旁剛搭好舞台，攤位仍未就緒，我跟芷玲首次見面，她正忙著準備工作，第一屆蚵仔寮小搖滾傍晚才開唱，遂與朋友先到別處走走。

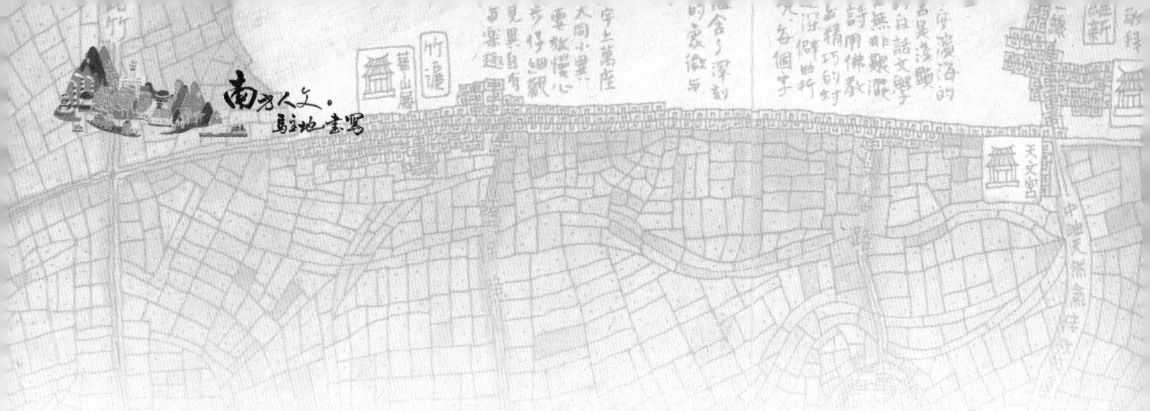

沿著內港而行，水體寬厚溫柔，猶如母親擁抱一艘艘靠岸的漁船，船頭斜斜上翹安穩入睡，桅杆與繩索編織藍天的白日夢。碼頭最引人注目的，除了魚市場，當然是一座座航空母艦級的廟宇，屋頂華麗無雙，迎海而立。海洋是性情多變的躁鬱症患者，漁民命運難卜，除了技術與經驗，更需心靈的慰藉與超自然界的庇佑，若平安返航，漁獲滿載，捐獻禮神毫不手軟。

那時與朋友晃啊盪啊，突然聞到一股半熟的腥味，通安宮牌樓內的廟埕上，布滿細細碎碎的東西，下車看個仔細，只見綠色紗網如地毯展開，上頭灑滿的細細碎碎是紅色小蝦，間雜螃蟹與小魚。只見戴斗笠包頭巾的阿婆，推來活動鐵架，架子有四層，斜放著裝滿蝦米的塑膠圓篩，阿婆拿下圓篩，微彎著腰，邊後退邊將蝦米撒在綠色紗網上，動作小卻充滿節奏感。另一個阿婆則拿著竹掃把，將地上的蝦米撥均勻。海邊的太陽熱情無比，似要鼓動所有的能量，吸走蝦米身上的水份。

蚵仔寮的公廟通安宮。（鄭順聰／攝影）

我與朋友站在廟埕邊緣拚命拍照，從

阿婆撒蝦米的動作饒富韻律。（鄭順聰／攝影）

鏡頭中看，那平行的綠色紗網帶幾何美感，拿竹掃把的阿婆微微撥弄，如穩定的海風；撒蝦米的阿婆饒富韻律，是均勻的波浪。

像一場精湛的舞台表演。

從邊緣踏入舞台中央，我鼓起勇氣去請教阿婆，起先不搭理，厚臉皮的我再問一次，阿婆才開口，說這種小蝦叫「赤尾青」，剛從海中撈起，放入大鍋加鹽煮熟，再到廟埕分批曬乾，裝箱後運至外地販賣。蝦米雖小，可是餐桌上提味的神髓，阿婆說，市售蝦米多用機械烘乾，她們仍堅持自然曝曬，蝦米吸收了海風與陽光，味道當然比較讚……說著說著，阿婆感嘆這頭路歹做，少年仔不願吃苦，沒人接手，能做一天就是一天，她已經做了三、四十年了……

與朋友退至舞台邊緣，檢視相機的液晶螢幕，那美不勝收的畫面，竟是阿婆數十年的辛酸，我的內心在美感與勞動之間辯證。沒想到，老天爺開始丟下雨滴，庸人自擾的辯證頓時毫無意義，若真下起大雨，蝦米就泡湯啦！

只見阿婆抬起頭、伸出手、碎碎唸，隨即改變動作，將綠色紗網一端拉起，待蝦米聚集成堆後抖進圓篩中；老闆模樣的人騎摩托車衝進廟埕，大喊「快！」，本蹲在旁邊抽菸的男子，迅即將裝滿蝦米的圓篩放上鐵架，一次兩台推進室內避雨；廟埕四周不知哪裡冒出的人，自動自發拉網收蝦米；更妙的是，有個媽媽領著一群孩子趿著拖鞋飛奔馳援……

「翕啥米相，緊來逗手腳啦！」

我被嗆聲了，狼狽地放下相機，走進舞台，加入這場熱烈的群舞……不！我也加入勞動，不分彼此，沒有廟埕內外、邊緣與中心之分，與大家融合成一體……

沒想到，雨停了，停得徹徹底底。

無可奈何，齊力捲起綠紗網一端，用腳邊踢邊行，數十公尺的綠紗網很快就收好了。

大紅色鮮黃色燈籠長龍懸掛在半空中，往下，俯臨空蕩的廟埕，往上，太陽露出促狹的笑容。

太陽露臉，好似開了場玩笑。（鄭順聰／攝影）

在船塢重新油漆的漁船。（鄭順聰／攝影）

在地人開講

從回憶抽回現實，通安宮今天不晒蝦米，阿婆不知何處去，我們再度啟程，往魚市場而去，芷玲指著停在碼頭的一對漁船，說那是他大伯的……芷玲手機響了，與聲音那頭的人確認：「我們在一間廟前，媽祖廟？這間是**菜園媽**？還是**船仔媽**？我看看。」轉了個角度望，看到寶船石雕，廟額題「朝天宮」，芷玲確定是船仔媽，不是我剛才下車處保安宮的菜園媽，我們在原地等候。

沒多久，電話另一頭的本尊出現，財哥騎著摩托車前來，上次蚵仔寮小搖滾曾打過招呼，是活動的主要推動者。

用雙腳「**卡溜**」，財哥以在地人的觀點，為我導覽蚵仔寮。

迎面就是熱鬧的陣頭，財哥說，蚵仔寮什麼沒有，就是廟宇多，許多三合院的正廳，奉祀所謂的「**私佛**」，也就是在家裡恭奉的神明；如

果出來蓋廟，就叫「**角頭佛**」；至於大眾共同膜拜的，如蚵仔寮的通安宮、赤崁的赤慈宮，就叫「**公佛**」。財哥說，老一輩總是省吃儉用，要他們拿錢出來，難如登天，只有兩件事例外：看醫生買藥、拜拜添油香。這兩天菜園媽刈香，到境內「**溫庄**」，鞭炮鑼鼓聲從早到晚沒停過。財哥說，在蚵仔寮，只要神明出巡、誕辰或作醮，就是這麼熱鬧，陣頭落落長，人數最少三千，今天的重頭戲，是傍晚主神回廟安座「**撞廟門**」，過程很激烈，到時萬頭鑽動，擠都擠不進去：

「**討海人就是即呢熱情！**」財哥自豪地說。

邊談邊走，來到魚市場門口的圓環，許多臨時菜販像小行星圍繞著，財哥說，許多在地人開闢菜園，自耕自食，多出來的，就拿來這兒販賣。我低頭觀察，那些擺列在地的蔬菜，賣相雖不如專業菜販漂亮，形狀較為瘦小，還有許多破碎或蟲咬的痕跡，然而，只要讀過劉克襄的文章，就會打破表象，看到更深一層的道理。既然蔬菜都是農民自耕自食，想必比較注重健康，或許口感味道略遜一籌，但在施肥、撒藥、耕種過程中，不會為了商業目的使

財哥。

用有害物質，偶爾，還會耕種一些罕見的野菜，這些野菜由於較不符運銷規格，現代人吃不慣，主流菜市場不接受，卻在這些衛星菜販中出現，提供另一種食材的選擇，生機也為之多樣化。

菜販多是安靜，最熱鬧的還是熟食攤，蚵仔煎的大鐵盤，四四方方好似足球場，煎炒時熱氣蒸騰，煞是壯觀，餡料可選蚵仔、蝦仁、蟹仔、花枝等等，份量驚人。但最令人嘆為觀止的，是鹽酥雞，擺在平台上的有銀魚、柳葉魚、螃蟹、海鮮丸等等，每一樣的份量都相當「海派」，仔細看，竟還有炸烏魚子，這可特別了。但最令我瞠目結舌的，是章魚腳與大尾花枝，不可思議地「澎湃」。

走進魚市場，各種魚蝦蟹貝琳瑯滿目，看起來如此肥腴豐美，現場有代客料理，自己挑魚鮮請餐廳烹煮，我看食客們頭低低忙著剝殼剔刺，表情過癮滿足，真是逐鮮之夫的海角一樂園。

濕滑的魚市場內，竟有家咖啡廳，冰咖啡可裝瓶帶著走，若要喝熱騰騰的，在吧台落座最佳。終於可以跟財哥好好聊聊，仔細瞧，長得真像本土劇的帥氣男主角，聲音富磁性，言語幽默，更迷人的，是他的家

在魚市場內開咖啡廳，真是一大創意。

族、漁船與海口人家的故事。

財哥說，他阿公的時代，家裡生活相當清苦：「**透早，自援中港櫓魚栽到蚵仔寮港。**」

這句話我不甚了了，經一番解釋，才知「櫓魚栽」指的是用手抄網撈魚苗。傳統的手抄網又稱「叉手網」，由兩根麻竹交叉成X形，寬長的下半部縫上網子用以撈捕；較短的上半部是握柄，且懸吊容器收儲魚苗。援中港是我來時公車途中一站，很遠！**透早河水冷霜霜**，財哥的阿公在危機四伏的河流中，推著手抄網順流而下撈魚苗，路程漫漫非常辛苦。此時，財哥講起笑話來，說有個人邊打瞌睡邊「櫓魚栽」，把死豬撈進去沒發現，一路瞌睡到河口，發現漁網很重，誤以為收獲滿滿，沒想到是隻死豬，空歡喜一場，真不知該哭還是該笑。

外人的印象，以為海邊家家戶戶都有船，財哥卻說，過去梓官沿海地帶的生活很艱辛，擁有漁船代表富裕，人們可是賣地來買船。現在一艘漁船新台幣三百萬，一分地都買不到；但在三十年前，漁船同樣三百萬，卻可買五甲地。財哥的阿公與父親齊心協力打拚，好不容易買了艘

船，取名「快特」，想說好日子就要來了。過去蚵仔寮無港，沿岸水深不足，船得停在外海，某個深夜有人猛敲門，說他家的船燒起來了，狂奔至岸邊，目睭金金看著啟航才一年的船被大火吞噬，沉入海底，媽媽跪在地上大聲哭嚎，這情景財哥歷歷在目。

不知是油桶摩擦起火還是電池燒毀所致，船沉了，生活還是得過，財哥的爸媽四處借錢跟會，買了新船，同樣取名快特，爸爸出海捕魚，一次就是三到七天，那時電子通訊不發達，漁民出海就音訊全無，全家猶如在海上漂浮過著忐忑不安的生活……幸好厄運不再上門，十多年後快特二代功成身退，與人合夥買了艘大噸位漁船，那是民國八十幾年兩岸關係漸漸鬆綁時，台灣很吃得開，大船會去福建沿海買魚，對岸的漁民爭相歡迎，幾乎要鋪起紅地毯了。

然而，由於撈捕過度，海洋資源漸漸枯竭，漁業衰退嚴重，財哥這一代人另謀出路，開設鐵工廠，從看海吃飯改為吃銅吃鐵，隨著台灣產業的變遷，開拓出新的航道。

鉤仔寮北邊緊鄰著赤崁。

趕赴赤崁的落日

財哥的朋友順哥來了，大家喝咖啡聊閒蚵仔寮，與其說一大堆，不如去海邊實地看看。

觀光魚市是給外來客採買嚐鮮的，我們踱至其背後的拍賣市場。財哥說，討海分近海與遠洋，蚵仔寮以近海漁撈為主，每天侵曉四、五點出海撈捕，近午載回活跳跳的魚鮮，上岸拍賣尚青的「**現撈仔**」，中午十二點到兩點最為繁忙。

傍晚時刻，拍賣早已結束，海水與融冰濕滑了地面，拍賣市場空空如也，閒置的大箱子堆疊而起，順哥說，這是用來裝土魠魚的。

土魠魚？土魠魚有這麼大？順哥張開雙臂那麼大？原來，活生生的土魠魚真的那麼大尾，財哥說，若要整隻買，可要萬把元。

順哥。（鄭順聰／攝影）

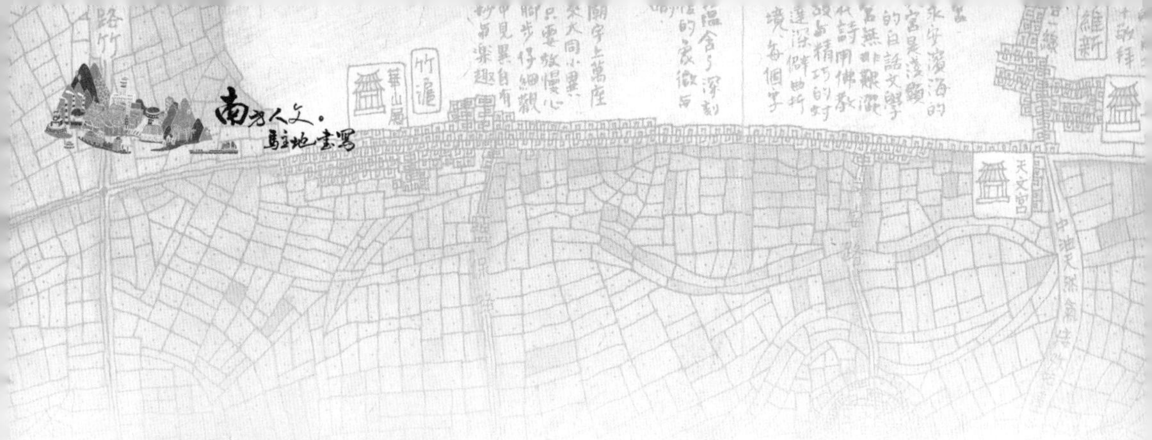

除非住海邊或從事漁業相關工作，常人對海洋總是一知半解，都是所謂的「二手資料」，海邊長大的孩子，對於海洋及其下其旁的一切，可是深有體會。

譬如：財哥覺得，越便宜的魚越好吃，理由很簡單，魚價便宜表示正在盛產，魚兒數量越多，生命力越旺盛，最是肉鮮味美。

又如：一般人上餐館，往往選深海魚，嫌挑刺麻煩，也怕腥味太重。然而，三餐無魚便食不下嚥的討海人，吃魚不分好壞，只要新鮮就好，船兒入港就帶幾尾回家煮湯，偏愛刺多的魚頭魚尾，邊吸吮邊挑刺，最有快感，且偏愛魚的腥味，那可不是冰過的臭味，而是來自大海的最新鮮啊！

裝土魠魚的盒子。（鄭順聰／攝影）

聊著聊著，我們來到堆滿削波塊的堤防旁，蚵仔寮小搖滾就在廟前的廣場舉行。當初除邀請許多獨立樂手上台表演，之前還舉辦淨灘活動，廣場旁的小沙灘頓時乾淨可親，吸引許多弄潮的人們。

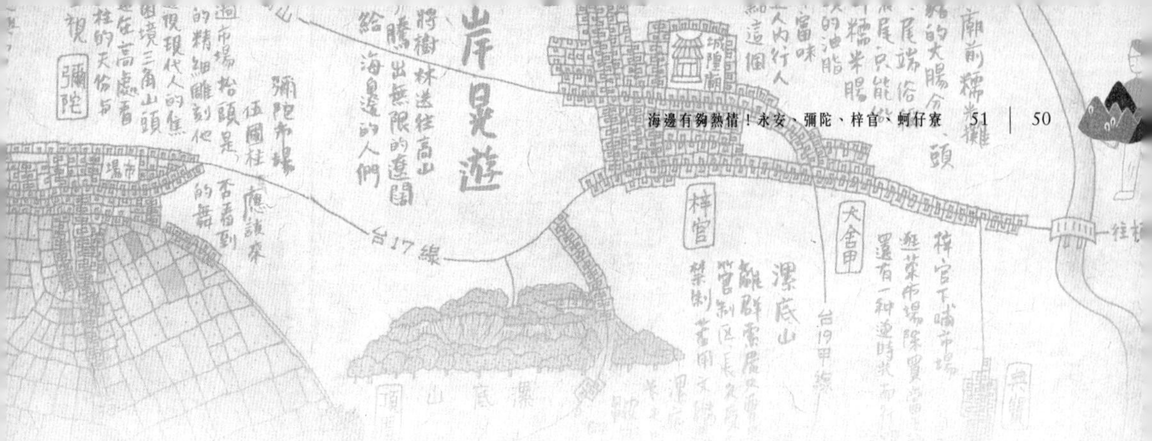

蚵仔寮小搖滾現場。（鄭順聰／攝影）

沙灘雖然美麗，海邊長大的孩子，看法可大不相同：

「小漢時，暗時轉去厝內，看著腳有沙，序大免問，箠仔就揭出來損！」財哥說。

原來，海面看似平靜，實隱藏了許多危險，時不時有溺水事件傳出。順哥解釋，蚵仔寮近岸的海底平淺，戲水的人鬆懈戒心就往外海走，殊不知，沿岸的洋流在平坦的海底沖出深溝，人一踩空就溺水了。

爬上防波堤，我們回望整齊清新的漁港。財哥說，蚵仔寮過去沒有天然漁港，漁船停在外海，得搭**竹排仔**（舢板）才能上船；漁船撈捕回來，漁獲無法直接上岸，要用竹排仔費一番功夫運回陸地。

我拿出事前彙整好的資料，翻到蚵仔寮漁港欄目：民國七十七年興建完成，規劃相當完善，分為住宅與港區兩部分。港區的設備齊全，有

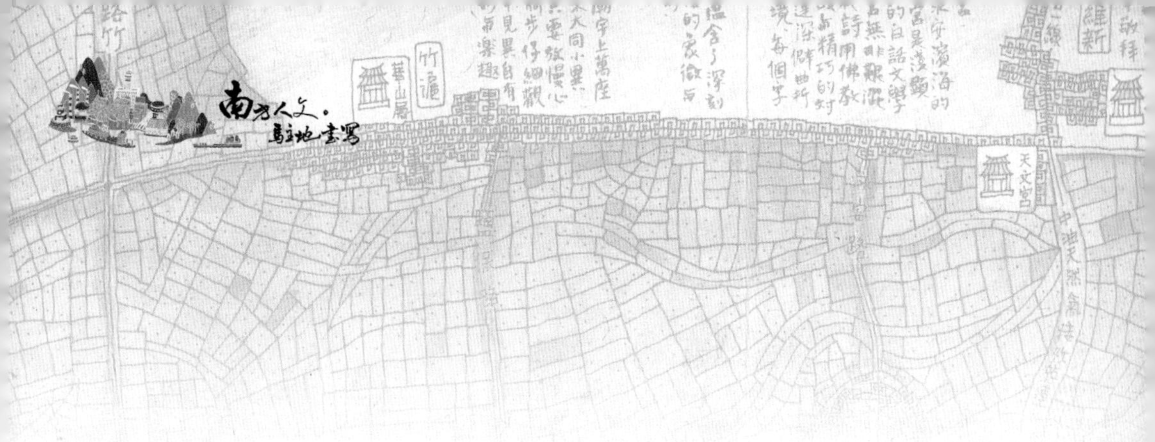

碼頭、冷凍廠、製冰廠、加油站、修船廠、觀光與拍賣市場等，讓蚵仔寮煥然一新。平日有幾百艘漁船出入作業，假日觀光客絡繹不絕，大大提升當地人民的生計。

防波堤旁，有群孩子在沙灘戲水堆沙，削波塊縫隙中，年輕釣客拉起一尾小石斑，面露欣喜。往外海望去，大陽已俯臨，在海面抹上絢爛，背光的燈塔只剩黑色剪影，一處孤獨的風景。

此處黃昏雖美，卻無法留住財哥順哥，因為，他們有視野更好的祕密基地。

分頭進行：芷玲先回家，財哥負責採買魚鮮，順哥用摩托車載著我從蚵仔寮往赤崁而去。沿岸而行，往左看就是海，落日伴隨而行，右邊的紅磚三合院則越來越殘破……

我們停在一處斷垣殘壁前。

順哥說，共和路上的古厝，現在大多無人居住，民國五十八年連續

三個颱風侵襲，沖毀一千多公尺的海堤，滔天巨浪湧進來，將這些古厝打得碎糊糊的，屋頂崩落，樑柱磚塊四散。

看著一整排蕭條的古厝，我想像著，那是海神無情的決定，揚起浪濤摘去屋頂，再用海風與鹽慢慢磨蝕，想創造殘破荒涼的美。這是蚵仔寮最吸引我的意象，猶如古羅馬遺跡，那樣滄桑、那樣美麗、那樣偉大。

蚵仔寮的小沙灘。

再從古厝往郊區而行，路兩旁是鐵皮搭建的巨大工廠，我們的祕密基地就在鐵皮波浪的某個開口，走進去穿越神壇與廚房，來到一處懸崖，盡頭當然是海，無任何遮蔽，就乾乾淨淨地一面素直之海。

懸崖之上，有個中年人正在遠望，戴著帽子臉色紅潤，他叫安哥，是麵包店的老闆，更是財哥順哥的好友。一聽我外地來的，熱情不需點火，隨即介紹眼前的風景。安哥說，從我們所站的位置往南望，首先是蚵仔寮漁港，再過去就是左營軍港與柴山；往北，依序是彌陀的南寮漁港、永安的液化天然氣接受站、茄萣的興達港。

至於懸崖正下方的海域，本來是寬闊的天然沙灘，安哥回憶，每到假日，加工區女孩便呼朋引伴來此戲水玩樂，後來海岸侵蝕，沙灘被「**割**」去，就此漫成海的領域。

順哥來接話了，說海面上一點一點的亮光是信號燈，表示有人「**放苓仔**」，也就是在魚群洄游處放定置網撈捕；信號燈再過去是浮球，漁船三三兩兩；至於海平線上的那些輪船，是在排隊等著進高雄港。

落日紅潤，引發順哥的豪情，積其數十年的心得，白描眼前的美景：

日頭落海之前，天邊的雲會切去上部一點點，日頭往下降，出現完整的圓後，海面開始切去日頭的下

安哥。（鄭順聰／攝影）

部一點點，越來越多，直到整個完全沈入海中。這過程速度很快，要盯著看，否則很快就不見了……

蚵仔寮之海吞沒了太陽，黑夜浮出另一款生活，芷玲載著她媽媽來了，財哥拎著新鮮的海鮮給餐廳料理，大家協力搬出桌椅，在懸崖上的平台排好。大家熱情招呼禮讓後入座，生啤酒一瓶瓶打開，九層塔田螺、爆炒丁香魚、酥炸明蝦、清蒸螃蟹、透抽沙西米，絕殺是肥香濃郁的魯肉飯，將長條桌子擺得略無空隙，人情味更是滿溢，天地陷入全然的墨黑，家家戶戶亮起溫暖的光，聽著濤聲感覺微風，我知道我還在海邊，酒杯浮泛著泡沫，大家呼乾啦！一起吵鬧！歡笑！唱歌！海洋就在旁邊陪酒！大家呼乾啦！一起茫下去啦……

殘破的赤崁古厝，猶如古羅馬的偉大遺跡。（鄭順聰／攝影）

海邊最美是黃昏。

海岸地圖

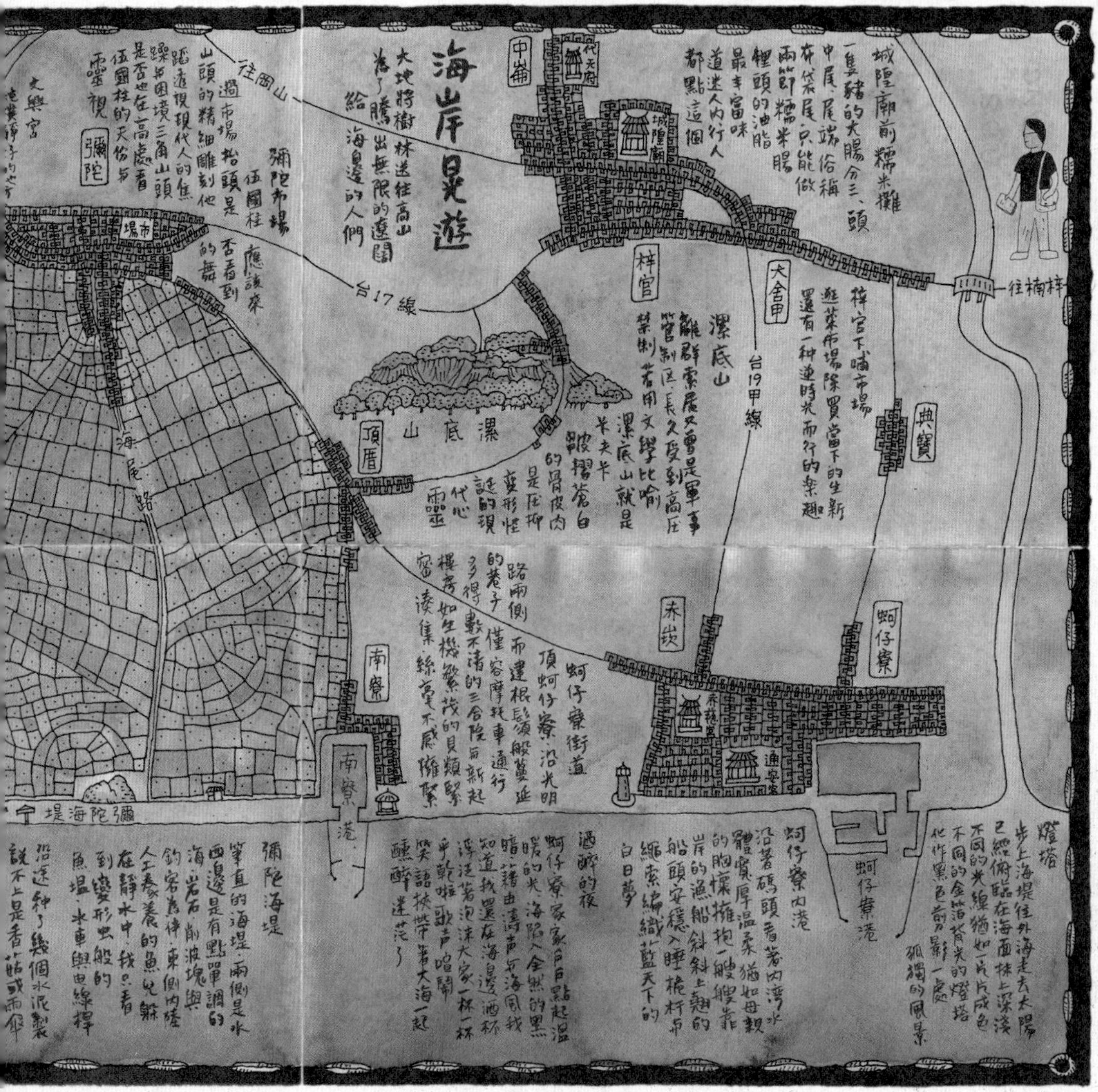
海岸晃遊
大地將樹林送往高山
造了騰出無限的遼闊
給海邊的人們
中崙
代天府
城隍廟
城隍廟前糯米攤
一隻豬的大腸分三、頭
中尾、尾端俗稱
布袋尾只能做
兩節糯米腸
鯉頭的油脂
最幸富味
道迷人內行人
都點這個
往岡山
往楠梓
梓官
大舍甲
台19甲線
梓官下哺市場
逛菜市場除買當下的生新
還有一种逆時光而行的樂趣
典寶
漯底山
離群索居又曾是軍事
管制區長久受到高壓
禁制若用文學比喻
漯底山就是
半夫半
皺摺蒼白
的骨皮肉
是壓抑
變形怪
誕的現
代心
靈
台17線
市場
彌陀
彌陀市場
伍國柱
應該來
香看到
的舞
逛市場抬頭是
山頭的精細雕刻他
踏遍現代人的焦
躁與困境三角山頭
是否也在高處看
伍國柱的天份與
靈視
文興宮
海尾路
頂厝
赤崁
蚵仔寮
蚵仔寮街道
頂蚵仔寮沿光明
路兩側
布建根鬚般蔓延
的巷子
僅容摩托車通行
多得
數不清的三合院與新起
樓房
如生機繁茂的貝類緊
密
湊集絲毫不感擁擠
通安宮
南寮
南寮港
彌陀海堤
蚵仔寮港
燈塔
步上海堤往外海走去太陽
已經俯臨在海面抹上深淺
不同的光線猶如一片片成色
不同的金箔背光的燈塔
化作黑色剪影一處
孤獨的風景
蚵仔寮內港
沿著碼頭看著內灣水
體寬厚溫柔猶如母親
的胸懷擁抱一艘艘靠
岸的漁船斜斜上翹的
船頭安穩入睡桅杆與
繩索編織藍天下的
白日夢
酒醉的夜
蚵仔寮家家戶戶點起溫
暖的光海陷入全然的黑
暗藉由濤聲與海風我
知道我還在海邊酒杯
浮泛著泡沫大家一杯一杯
乎乾啦歌聲喧鬧
笑語挾帶著大海一起
醺醉迷茫了
彌陀海堤
筆直的海堤兩側是水
西邊是有點單調的
海岩石消波塊與
釣客為伴東側內陸
人工養殖的魚兒躲
在靜水中我只看
到變形蟲般的
沿途种了幾個水泥製
說不上是香菇或雨傘

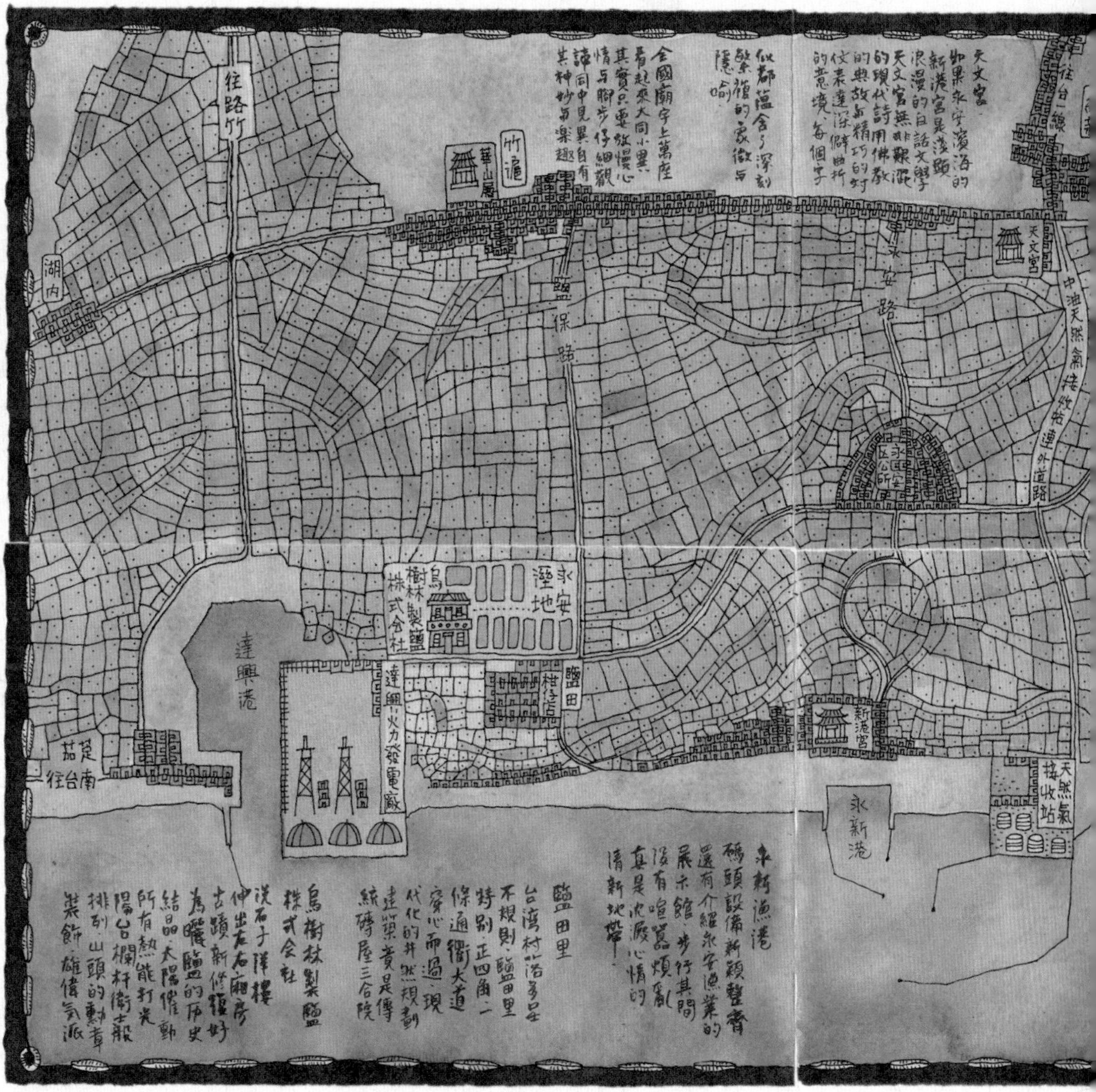
往路竹
竹滬
華山居
湖內
鹽保路
永安路
天文宮
往台一線
中油天然氣接收站連外道路
永安區公所
永安溼地
烏樹林製鹽株式会社
達興港
茄萣
往台南
達興火力發電廠
柑仔店
鹽田
新港宮
永新港
天然氣接收站
天文宮 如果永安濱海的新港宮是淺顯浪漫的白話文學，天文宮無疑艱澀的現代詩，用佛教的典故與精巧的對仗表達深僻曲折的意境，每個字似都蘊含了深刻繁複的象徵與隱喻。
全國廟宇上萬座，看起來大同小異，其實只要放慢心情與腳步仔細觀諦，同中見異，自有其神妙與樂趣
永新漁港 碼頭設備新穎整齊，還有介紹永安漁業的展示館，步行其間，沒有喧囂煩亂，真是洗滌心情的清新地帶。
鹽田里 台灣村落多呈不規則，鹽田里特別，正四角，二條通衢大道穿心而過，現代化的井然規劃，建築竟是傳統磚屋三合院
烏樹林製鹽株式会社 從石子洋樓伸出左右廂房，古蹟新修，極好，為曬鹽的歷史結晶，太陽能所有熱能打光，陽台欄杆衛士般排列，山頭的勳章裝飾，雄偉氣派

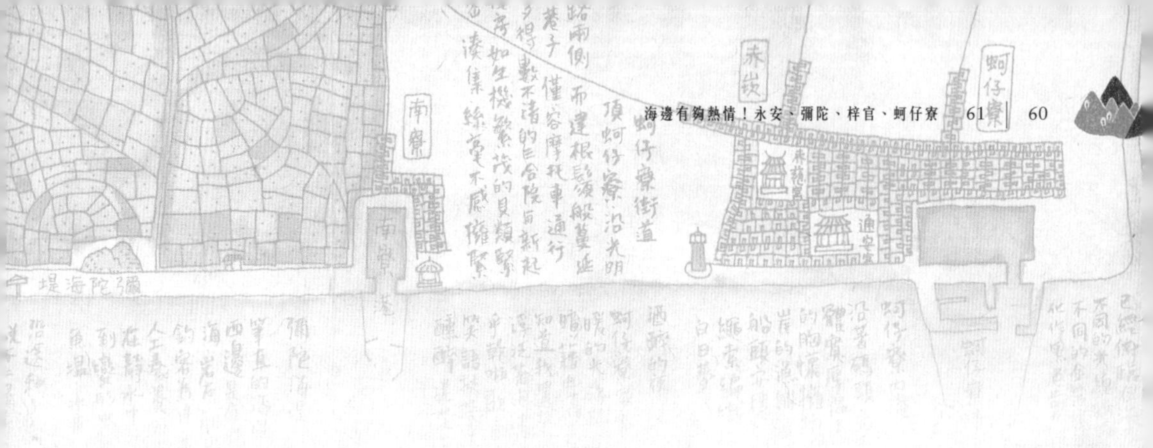

補破網不再

不知是爛醉如泥，還是夜半聲音剔淨略無渣滓，我睡得極為安穩，凌晨始有動靜，聲音簡單到數得出來：狗吠叫、人咳嗽、摩托車行經、還有電話響起時趿拖鞋急忙奔跑打開紗門去接遠方來的問候……

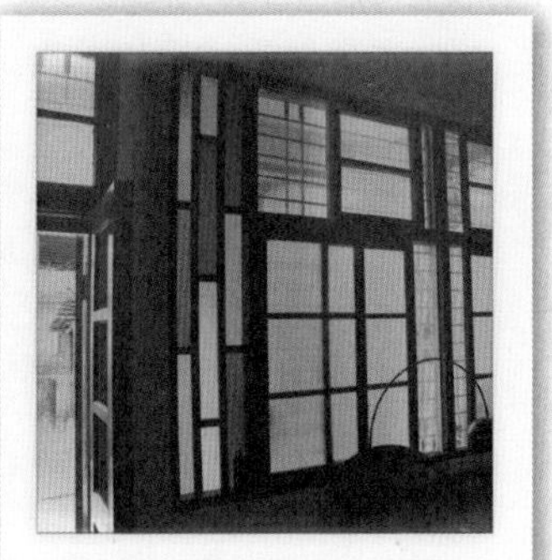

壓克力窗。（鄭順聰／攝影）

洗了個熱水澡洗去宿醉，暫在客廳休息，環顧四周發現許多精心布置：從跳蚤市場買來的木製吧台、可愛的小學生木椅、幾何造型躺椅、骨董圓盤電話……我所坐的沙發，是預售屋淘汰搬回來的，相當舒服。天花板乃白橘綠菱形色塊幾何相續，但我最喜歡的，是壓克力色塊窗，陽光從外射入，顏色艷麗跳動，讓我想起法國建築師柯比意朗香教堂的鑲嵌玻璃……

推門而出，在巷子內亂走，我膚觸到一股濕潤，看不到摸不到，卻在空氣中浮游，彷若自大海偷偷潛伏而來，水氣並不濃重，遇到洗石子、紅磚、水泥牆面，不足以凝成水珠，卻沾溼了有寮三合院的門聯，字體為此蘊藉了起來：

上聯：虛能引和靜能生悟

下聯：仰以察古俯以觀今

橫批：心田好兮子孫耕

在地人稱此地「**頂蚵仔寮**」，聚落沿光明路兩側而建，根鬚般蔓延的巷子僅容摩托車相會，多得數不清的三合院與新起樓房如生機繁茂的貝類湊集，絲毫不感擁擠，歐吉桑歐巴桑搬出桌椅閒聊，窗戶裡飄來飯菜香，電視新聞唸稿聲如同唸經……

造型巧妙的吧台。（鄭順聰／攝影）

吃完早餐，騎上跟民宿借來的摩托車，順著光明路北行，這條路貫穿蚵仔寮與赤崁，地名雖分為二，房子

實密匝相連，來到赤崁的信仰中心赤慈宮，廟埕的底下竟是市場，入口有和尚拖缽化緣，客人與攤商熱絡交談，都是數十年的好朋友吧！爬樓梯轉上廟埕，走進媽祖廟，正殿虎邊的巨幅壁畫，描繪船民遇上狂風巨浪時，媽祖顯靈護佑的神蹟，呈現人與大海搏鬥之艱辛。

走著走著我哼起了〈補破網〉：

看著網　目眶紅　破甲這大孔
想欲補　無半項　誰人知阮苦痛
今日若將這來放　是永遠免希望
為著前途針活縫　尋傢司補破網
手拿網　頭就重　悽慘阮一人
意中人　走叨藏　那無來鬥幫忙
枯不利終罔珍動　舉網針接西東
天河用線做橋板　全精神補破網
魚入網　好年冬　歌詩滿漁港

阻風雨　駛孤帆　阮勞力無了工
雨過天晴魚滿港　最快樂咱双人
今日團圓心花香　從今免補破網[註二]

琅琅上口的台灣民謠，〈望春風〉作詞者李臨秋所填，描述漁村生活的艱辛悲哀，也傳達戰後台灣人的心酸無奈。昨天結識的順哥說「已經沒有人在補破網啦！」這句話引起我極大興趣，他的工廠就在赤崁，從大馬路轉進小巷，迎面來了台貨車，滿載棧板，熟練地自巷內鑽出，順哥已在門口泡茶，一見我隨即熱情歡迎。

沒想到，不到十分鐘，朋友客戶紛紛來訪，圍滿茶几，順哥的手機響個不停，非常忙碌，但他就是那樣溫順謙和，五十七年次的他，毫無生意人的煩躁市儈。我說要請教漁網的歷史，在座友人七嘴八舌，興致高昂。

順哥說，古早時代，一般人家要嫁女兒，首選是賣布賣豬肉的，因賣布的有衣帽穿戴，賣豬肉的餐餐有肉，無論如何，就是不嫁討海人。

註二：〈補破網〉歌詞版本甚多，姑引用一般坊間之版本。

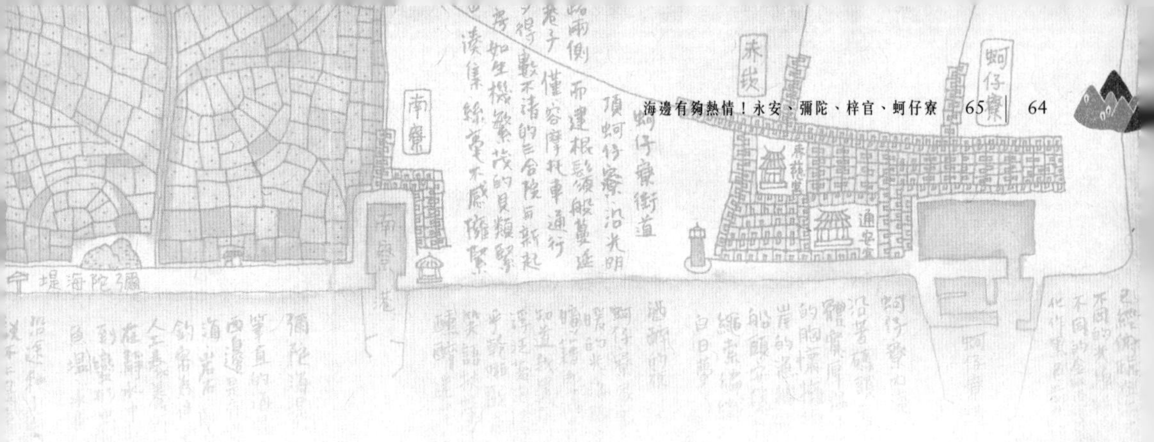

因為漁網的緣故。

過去的討海人家庭，尪婿（先生）捕魚時當然危險，但顧家的查某人（太太）也不輕鬆。忙於家事孩子外，尪婿漁船歸航，查某人要整理苳仔；尪婿出海，查某人不僅要補苳仔，還要做新的苳仔。要知道，一副純手工製作的漁網，網目多達數十萬個，手工縫製需整整兩個月，那時候的漁村婦女成天補網做網，一年三百六十五天幾乎沒有休息，所以順哥才說，像他這樣五年級的漁村青年，除非青梅竹馬或在學讀書時就認識，出社會後要找太太，非常困難。

時代演進，這二十多年來，由於機械網普及，已無手工製網，漁網破了不堪用就買副新的。在座的朋友開玩笑說，現在漁民的太太，不僅有尚青的魚可吃，閒閒沒事就去打牌、捉老鼠，十分清閒。當然，這是玩笑話，現下漁村的生計依然艱辛。

順哥換茶葉，泡了盅新茶。

再談到機械製網的歷史，源於日治時期，日本人在台灣用機械製作

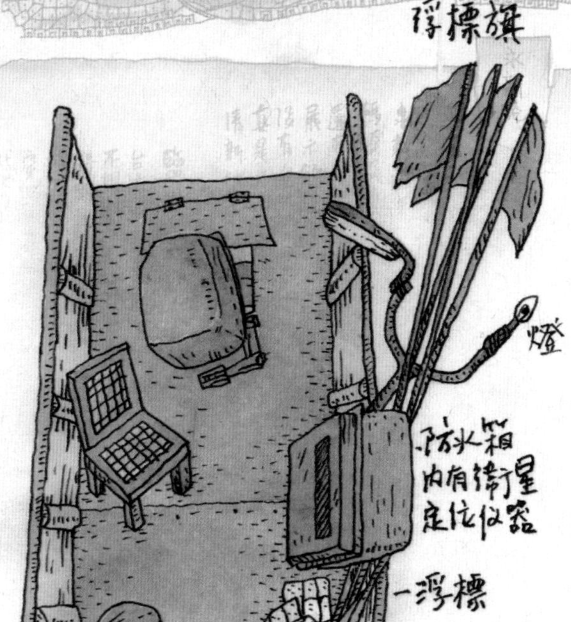

FRP做成的漁船,應是單人操作的漁船,近海拖網使用.

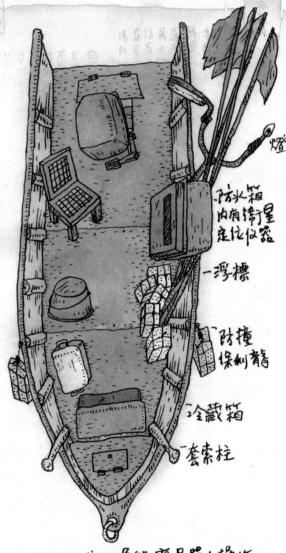

FRP漁船。

檜木浮標。（鄭順聰／攝影）

漁網，由於價格昂貴，台灣漁民買不起，成品大都回銷日本。台灣本土的機械漁網產業，始於二次大戰後，日本人戰敗，製網機械丟在台灣，有家叫「協進」的公司接收，開始台灣人的機械製網產業。協進位於高雄的後驛、橋仔頭一帶，可說是機械製網的開基元祖，其後台灣大大小小的機械漁網工廠，都是從協進的師傅、職員、業務開枝散葉的。

民國五十年代，台灣人拆解製網機械，土法煉鋼模仿製造，那時的機械漁網品質很差，毫無競爭力。老天爺給機會，越戰爆發，物資缺乏，漁網需求大，不求品質但求有，大量銷往越南，價格還不錯，台灣機械漁網的產業乘此時機起飛。然而，那時的機械網價格仍高，台灣漁民還是買不起。

話到此，順哥起身，走入倉庫深處，拿出一副手工漁網，是專程自跳蚤市場買回來的，要留給孩子當傳家寶，因入水撈捕過，略為發黃，順哥還特地請老師傅來鑑定。回溯漁業物件史，民國五十年代，浮標改

用較堅固廉宜的塑膠，後因機械收網易絞碎，民國七十年代又改成泡綿。老師傅推判，這副手工漁網的浮標，乃用珍稀的檜木製作，歷史至少五十年。現在，就算在漁村，要看到手工漁網都不容易，順哥拿在手上的，是珍貴的古董，也是台灣漁業史的一道縮影。

回到茶几，順哥談到自己的工廠經營，在座有人迸出話：「**當初順哥接手，工廠的物件全賣掉，伊老爸甲伊罵到臭頭。**」

順哥搔搔頭笑笑地說，父親是赤崁在地的「**網仔店**」，將材料送到漁村人家手工縫製，時間到了再將成品收回，那時協力製網的人家有二、三十戶。直到民國七十幾年，機械網開始普及，手工縫製失去競爭力，順哥家的網仔店面臨嚴峻挑戰。

順哥承接父親的事業後，評估

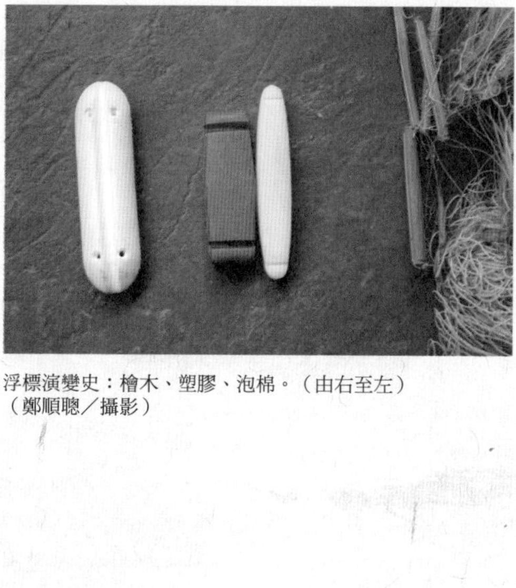
浮標演變史：檜木、塑膠、泡棉。（由右至左）
（鄭順聰／攝影）

家工廠在位置、資金、人才並無優勢，改從技術性、靈活度出發，藉由差異化加強競爭。於是，他把父親的機械賣掉，轉型做半成品加工。舉個例，順哥父親本來做網片生意，猶如裁切前的布料；順哥改拿網片來加工，猶如將布料縫製為成衣銷售。接下來，順哥與師傅研發出特製機械，根據客戶的需要，將網片車縫成客戶需要的流刺網，無論是烏魚、鮪魚、吻仔魚、螃蟹、蝦子等等，漁民要撈捕什麼水族，順哥就叫師傅做出相應的網目與層次，提供客製化服務，供應全台各地漁船所需，這幾年，生意更拓展到中國去。

訪問最後，順哥特地帶我走進赤崁的傳統古厝群，昨晚認識的安哥來與我們會合，這裡是他家祖厝，紅磚古屋形制完整，祖廳正身有精巧的西洋藻飾，樸實中散發華貴，是此地典型的大家族，一排排廂房間雜新起的透天樓房。走到安哥老家，他父親外出耕作，母親面容慈靄、氣質高尚。瀏覽客廳牆上的照片，安哥指著幾年前仙逝的祖母，端坐正中央，兒女孫子曾孫環繞，在祖廳前大合照，我略為數了數，超過一百五十人。

安哥家祖廳。（鄭順聰／攝影）

漁民正在整理漁網。

縱橫魚塭的不老騎士

海洋是隻陰晴不定的巨獸，在裡頭營生真是朝不保夕，聰明的人類，歷經幾十萬年的搏鬥，琢磨出「馴化」這道絕招，軟硬兼施，將野蠻的動植物收服為朋友或工具。海洋亦不例外，激烈搏鬥之餘，人漸次延長領地，圍築水塭，胼手胝足創世紀，營造魚蝦蟹貝的微型海洋。

蚵仔寮往北，有數不盡的藍色魚塭，特別是永安區，聚落看起來像被水包圍的孤島，魚塭面積比陸地還大，好奇的我直覺認為，池水看似靜寂，應深藏許多知識與故事。

透過朋友介紹，我聯絡上魚塭業主蘇伯伯，蚵仔寮午餐後，摩托車走十七號省道，轉入永安，一望無際的魚塭便展開在前，找到永新漁港等於找到新港宮，蘇伯伯已在活動中心等候。民國二十八年出生的他，曾任永安鄉漁會總幹事，問起魚塭養殖的歷史，他繞到辦公桌後，一張偌大的永安地圖貼在牆上，圖示密密麻麻，蘇伯伯俐落理出南北縱橫三

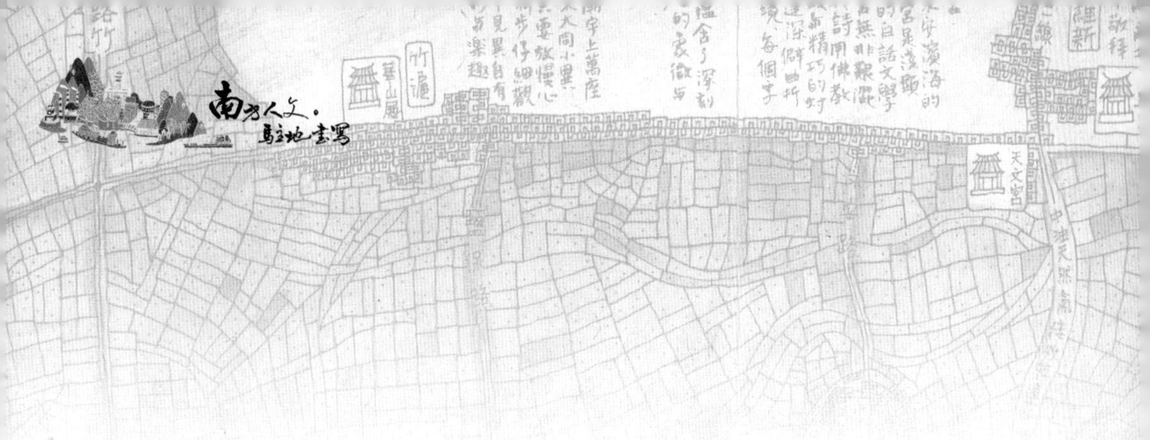

條線：台十七縣道、公溝、北溝，切成三區，耙疏出永安養殖業的發展軌跡：

第一區，從台十七線往西至永安公溝。永安公溝是條溝渠，兩側長滿海茄苳，南起阿公店溪，北至興達港內海，長達四公里，沿途行經永安橋、興龍橋。台十七線，亦稱濱海公路，到永安公溝之間這一帶，本是內海，後沙洲浮覆，開闢為魚塭。蘇伯伯回憶起童年時，雨季過後，這片土地儲蓄大量雨水，人們就放養淡水魚，如草鰱、鯉魚等；冬天較為乾旱，就種稻米，一年分兩季利用，既漁且農。

公溝以西，北溝（現永達路）之東，是第二區，在民國六十二年之前，主要放養海水魚，虱目魚是大宗。

第三區從北溝往西直到海岸，閩南語叫「**魚種窟仔**」，也就是育苗池，主要培養魚苗，收留越冬魚。

話到此，蘇伯伯從空間維度轉換為時間軸線，談起永安養殖漁業的歷史發展。首先，是傳統養殖期，約從日治時期到民國六十二年，養殖

法採「淺坪式」，空間規劃為魚苗池、成魚池、越冬池。魚兒生長時，在成魚池餵養，時間約從清明到農曆十月，由於虱目魚怕冷，十月底就放流到越冬池，直到隔年的清明，再回到成魚池養殖。

蘇伯伯進一步說明，那時的飼料以米糠為主，仍無將氧氣打入池內的技術，所以採「淺坪式養殖」，得靠池底的「**土皮**」、也就是水藻產生氧氣。成魚池水位較淺不到一公尺，足以使陽光射入池底，涵養土皮。冬日一到，除了將魚苗放入越冬池，成魚池還要「**曝坪、整坪、屙坪**」，也就是曝曬、整池、施肥、殺蟲害、注水培養藻床。蘇伯伯特別談到「屙坪」，即培養藻床，得在池底均勻撒上拌水的豬糞、雞屎、米糠，利用這些養分培養土皮，再把水放乾、曝曬，但也不能太乾，重點是要讓土皮成長。如果池子照顧得好，水質佳，魚兒潛至池底吃水藻，就會長得肥美。蘇伯伯記得，小時候魚塭若沒調控好，池子缺氧，魚會浮到水面張嘴呼吸，父親怕被小偷撈走，半夜會把他從床上挖起來看顧魚塭。

過去，魚塭主要放養虱目魚，經驗豐富的蘇伯伯說，在所有的養殖魚類中，只有虱目魚不會生病，淡水鹹水皆宜，由於肉質好、價格高，又稱「**狀元魚**」，過去窮人餐桌要有虱目魚來「**配**」，幾乎不可能，蘇伯

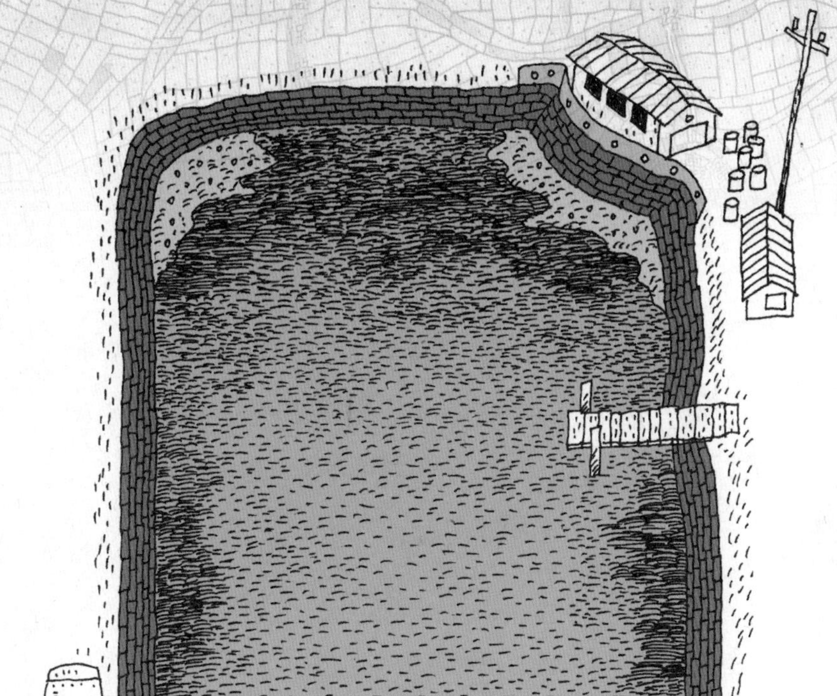

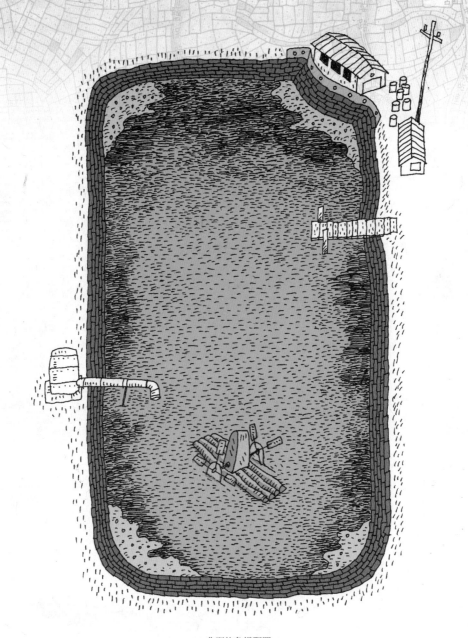

典型的魚塭配置。

伯記得小時候，就算自己家裡養虱目魚，也捨不得吃。當時的人家，若有兩甲虱目魚塭，要「做親戚」很簡單，相親找對象容易，女兒嫁過去，不怕沒飯吃。

「台灣人沒虱目魚跋無栖。」蘇伯伯如是說。

那是大規模養殖的年代，村民合夥經營，魚塭整體面積可達二、三十甲，還會特地聘請掌櫃來管理，猶如現在的專業經理人，走起路來威風凜凜。然而，淺坪式魚塭產量並不高，一公頃頂多五千台斤。民國六十二年後，進化為「深水式養殖」，用水車灌入氧氣，水塭深度可達二至三公尺，放養密度高，可自動投餌，產量是淺坪式的六、七倍，台灣的養殖業就此進入黃金時期。尤其是民國七十四到七十八年，本來與魚混養的草蝦，因技術突破，進步為集約式養殖，外銷日本，產量與價格屢創新高，每公頃獲利可達一、兩百萬，永安鄉的魚塭全都改養草蝦，大家賺得飽飽的，那時的台灣，被譽為「養蝦王國」。

沒想到，民國七十八年，草蝦大規模感染桿狀病毒，請學術單位研思解決之道，至今仍無藥可醫，養蝦王國變成養蝦「亡」國，永安的養

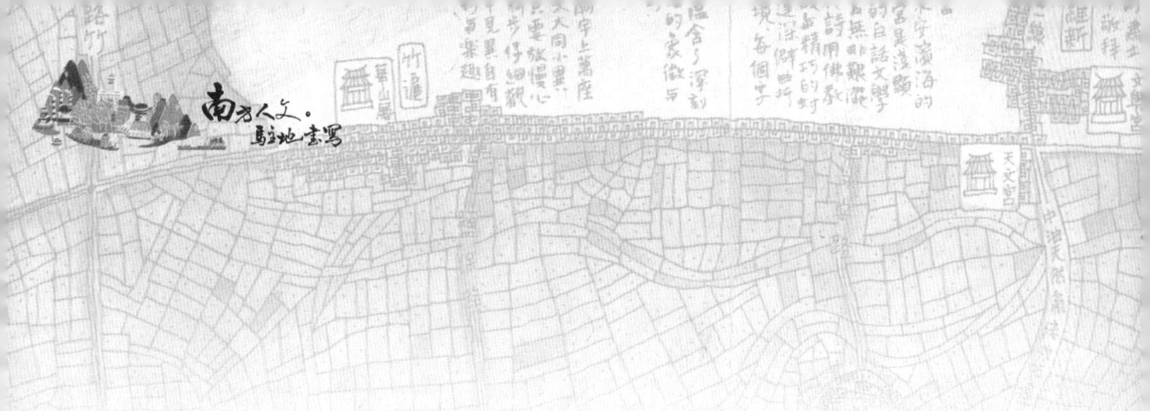

殖業者遂另謀新路，魚種多樣化，計有：虱目魚、吳郭魚、鱸魚、石斑魚、銀紋笛鯛、黃獵鰺等等。

時至今日，永安是「石斑魚」的同義詞，這故事要從民國六十五年談起，永安鄉新港村的邱南造先生，從澎湖引進石斑魚苗，試養成功，剛開始魚苗要到澎湖去購買，後來從泰國與印度進口，但活存率都不高。直到民國八十年，魚苗培養技術獲得突破，開始大面積養殖，永安的石斑產量，躍居全國第一。

與其空口白話，不如實際參訪，蘇伯伯要帶我親自去看看，活動中心與新港宮間的空地，停著一台白色、全新的150C.C.野狼機車，七十多歲的蘇伯伯跨坐其上，氣勢非凡，相當地「潮」，讓我聯想起電影《不老騎士》，我尾隨其後，跟著蘇伯伯在魚塭縱橫，不畏海風、行走自如。

蘇伯伯豪情騎上摩托車。（鄭順聰／攝影）

我們來到一處企業總部，現在漁業早就科學化、資本化、國際化，整個流程與投資規模，遠遠超乎我的想像。站在魚塭旁，蘇伯伯談起最熟悉的朋友「石斑」，底棲類海水魚，生長於礁岩或陰暗石縫，個性兇猛，好吃魚蝦，飢餓時還會互食，其肉質鮮甜細緻，真是老天賞賜的美味。

談起石斑養殖訣竅，蘇伯伯說有三個條件，第一是環境，需理想的氣候與水質，鹹度與溫度要控制得當；二是營養，石斑是肉食類動物，魚肉來源得充足無缺；第三是健康，石斑若生病，細菌好解決，病毒就慘了，無藥可醫只能控制，且要有專業的魚醫生協助，處理不當，不到一星期全池死光光，上百萬新台幣血本無歸。

「飼石斑，一擺輸贏幾百萬。」蘇伯伯語重心長。

永安的石斑養殖業，近幾年發生微妙轉變，蘇伯伯說，台灣人只在辦桌時吃石斑，家庭主婦很少主動購買，內銷僅佔百分之二十幾，其餘的都銷往大陸。三通之後，中國開放港口直航，石斑不需冷凍直接運上活魚船，蹦蹦跳跳就到中國去，原來，石斑也要學著講普通話了。

蘇伯伯的家族，本住在茄萣的白砂崙，祖父時代搬來永安，他人就在此出生、長大、結婚生子、經營魚塭、人生起起伏伏，未曾離開故鄉，戮力經營祖先傳下、那一池池波光銀亮的美麗魚塭。

跟蘇伯伯道別後，我回到新港宮，這間奉祀五府千歲的王爺廟，建築是新的，蓋水泥販厝那樣的手法起造，似與台灣當今千千萬萬的新廟一樣平板。不過，讀了對聯，我就不那麼想了：

此村莊為海濱到民國更名新港
五府第是小廟年癸酉重建皇宮

傳統廟宇的對聯，文意總有點艱澀，新港宮這樣老嫗能讀、小學生也看得懂的對聯，白話淺顯，太特別了！我步入廟內，又發現：

詩情浪漫的新港宮。（鄭順聰／攝影）

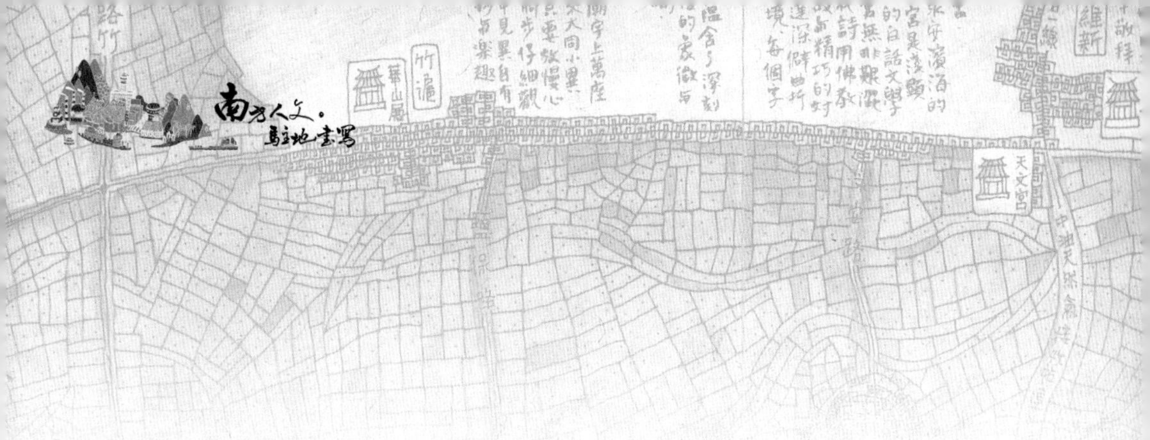

永安永安永安是神仙福地
新港新港新港乃人間天堂

簡單到令人眼睛一亮，再往內走：

美啊麗耶潮海魚兒迎夕陽婆娑起舞
快哉樂也蒼穹彩霞乘雄風悠揚飛翔

詩情煥發的廟宇，迴盪浪漫的情懷，我在廊柱對聯間行走，真是神采飛揚。

聽說新港宮改建成新廟時，轉了個一百八十度面向海洋，我順著廟前的小路直行，經過海鮮餐廳（在蚵仔寮耳聞，這是美食家口耳相傳的私房嚐鮮處），來到永新漁港，碼頭設施新穎整齊，停泊許多載客到外海垂釣的小型漁船，漁港大樓內還有展示館。步行其間，拂除了喧囂煩亂，真是沈澱心情的清新地帶。

整齊新穎的永新漁港。（鄭順聰／攝影）

海洋百科全書

伊是正港的討海人。

有寮三合院門埕有張桌子，擺著巧手製作的工藝品，廂房牆邊一排竹椅子，造型別緻，民宿主人芷玲說，這是她大伯的設計工作室，一輩子以捕魚維生的他，已把漁船交給兒子，雖不出海，還是會在陸上作業，身體硬朗得很，與他在門埕的設計工作室聊天，我不僅好奇，更想瞭解漁民的真實生活。

大伯姓曾，民國三十年出生，先祖本住在柴山山腳下的「**桃仔園**」，二次大戰期間，日本人以擴建左營軍港為由，強迫當地人民搬遷，家族先移居茄苳坑，最後在光明路現址落腳。

「**自小漢就捉魚賺吃**」，八、九歲時，先和父親去港內**放苓仔**捉螃蟹，大伯說，捉螃蟹的訣竅在**流水**，也就是觀潮汐，螃蟹平時都躲在土裡，起流漲潮時就出來討吃，苓仔只要放對地方，什麼紅蟳、粉蟳、花腳市仔、市母仔、赤市仔、三目仔、石蟳仔……大隻小隻掠起來歸大堆。

長大後，大伯帶領三個弟弟去討海，划竹排仔到蚵仔寮沿岸圍網捕魚，浮面的洄游性魚類、沈底的底棲性土底魚，說到魚的名稱：花身仔、狗母仔、沙腸、土魠、煙仔、烏魚、雨傘仔、鬼頭刀、黑鰭鯧、鯊仔……蝦類有草蝦、白蝦、紅蝦、斑節仔、厚殼仔、尖殼仔、白鬚仔、櫻花蝦、赤尾青……頭足類有花枝、墨斗仔、小卷，還有一種脆管，拇指那麼大，一斤兩三百塊，飛卷擱叫大卷，體型大肉又厚，透抽是尖心尖尾薄肉，軟翅仔親像小卷，內有一層硬殼，墨賊仔則整隻硬殼，擱有春干……

大伯只列舉極少部分，我手邊沒圖鑑沒實物，聽得一頭霧水，加上講的是閩南語俗稱，南北離島各地又不同，就算知道學名，也是莫宰羊。不過，大伯自信地說，只要從海裡撈起來的，他都知道名稱。

他是海洋的百科全書。

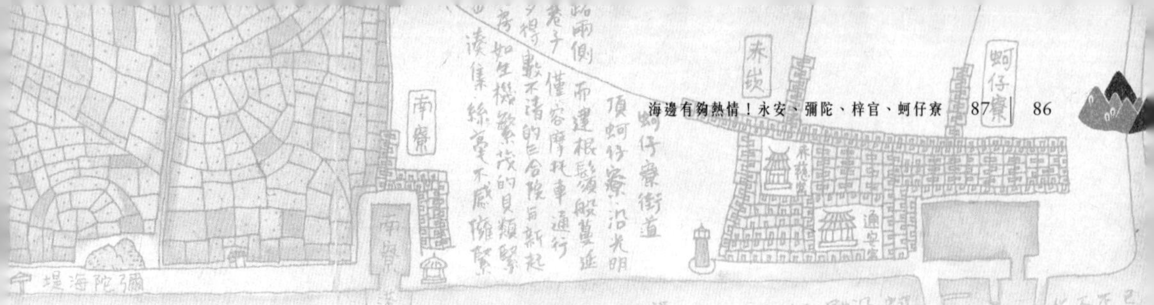

除了近海撈捕，大伯也會遠涉他地，如台東的三仙台、墾丁的南灣、嘉義的布袋、台中的梧棲港等等，當時的**竹排仔**真的是用竹筒組成的，先用**拖拉庫**載到港口，當時沒有馬達，可要用人力划出海，太陽當頭，還要戰風戰浪，與大自然奮戰，真的好辛苦。

大伯回憶起，某次在海面放**浮水苓仔**，剛開始**足清天**，只見西北方有閃電，沒多久，**烏天暗日**狂風暴雨，海水噴湧淹到人的腰帶，大伯捉緊船身拉住**苓仔**深怕漂失，沒想到，風暴眨眼就過，很快就風平浪靜。

「風雨來無理由！」大伯如是說。

猶如３Ｄ體驗《少年PI的奇幻漂流》，我聽得兩眼直瞪，但少年PI單與老虎糾纏，漁民的敵人既多且猛。有一次遠至台中，想說沒捉過鯊魚，就與弟弟們試試看，沒想到真釣上甲板，八、九十公斤比人還大，鐵棍敲不昏，鯊魚猛力掙扎彈回海裡，又拉上來，如是來回三次才成擒，這場搏鬥，大伯畢生難忘。

海洋雖遼闊無際，人的衝突仍無法避免，不小心網互纏、船相撞，

熊熊怒火燃起，夯家私頭相犯，海上的糾紛很棘手，大伯明快處理，返港檢查損失，**你開嘴，我給你**，要求合理就賠償。

更黑暗的是搶劫，大伯沒遇過，聽三弟轉述，一群中國漁民跳上船，搶的不是漁獲，而是器具、繩索、雨衣等日用品，大伯的三弟怒火中燒，拿起鐵管往搶匪頭上砸，當場血流如注。有些台灣漁民更狠，遇到搶劫，打開瓦斯筒作勢點火，中國漁民一看苗頭不對，趕緊跳回船上，落荒而逃。

「討海人風險足大，沒搪著毋知影。」這道理人人皆知，但從漁民口中說出，有鹽有汗有血，特別震撼。

討海是看天吃飯的行當，海洋資源漸趨匱乏，無魚可捉時，一閒就是個把月。舉這幾年的烏魚為例，避冬南游還沒到台灣，就被中國漁民撈捕殆盡。**沒風水**北風弱時，烏魚到了台中梧棲港、頂多雲林六輕就不再往南，蚵仔寮的烏魚量大不如昔。

從十多歲開始討海，大伯的漁船已換到第五代，一次買兩艘，加上

儀器工具漁網，成本超過千萬台幣，出海還得消耗冰、水、汽油，加上**開支消磨損失**種種，大伯說，捕魚**足傷本**，不划算。幾十年的漁民生涯，不幸有友伴發生意外，提早離開人間的航道……說著說著，大伯說聲抱歉，時間到了得**敬茶**。

只見大伯淨手、脫鞋、點香，在正廳敬拜媽祖，歷經海洋與人生的驚濤駭浪，年逾七十的大伯，行禮如儀，將香高高舉起，若有所思，我看到他的眼神，虔誠、堅定、毫不畏懼。

漁船歸航。

婦人與小九孔

蚵仔寮第三天，我騎上摩托車，到遠處晃晃。

從蚵仔寮一路往北，沿著海岸前行，過了南寮漁港，就是筆直的彌陀海堤。兩邊都是水，左手側是單調的海，有岩石、削波塊、釣客為伴；右手側內陸，人工豢養的魚兒躲在靜水中，我看到井然的魚塭、水車、電線桿。

海堤頂端規劃了完善的自行車車道，今天非假日無單車族，摩托車飆許久，發現有人在海邊撿拾東西，心想這一定有好題材，就把車停在涼亭旁，有個婦人邊乘涼邊聽小收音機，一問才知是清潔人員，公所約聘負責這段海岸的清潔，人住彌陀的「海尾」。

風突然大起，我摩托車坐墊上的安全帽滾到海堤下：

「橫直嘸是落海，等一下擱去撿就好。」清潔婦說。

「下腳彼個人底撿啥米？」我問。

「親像是客人，台語聽無，伊撿彼種螺仔，聽講價錢金好。」清潔婦說。

我拿起照相機小心步下海堤，踏過嶙峋的岩石，接近婦人，只見她包著頭巾，足套特製的膠鞋，手上拿著一把小刀，俐落地刮下吸附在石頭上的貝殼。

「請問你在刮什麼？」我問。

婦人頭轉向我，露出紫紅的臉，攤開手中的東西說：「我也不知道是什麼，大家都叫小九孔。」婦人說完，從腰間的小簍子，拿出滿滿一把。

筆直的彌陀海堤。（鄭順聰／攝影）

海浪間的採集者。（鄭順聰／攝影）

「你撿小九孔是要賣到海產店吧！聽上頭那個人說，價錢很好。」我問。

「我也不知道外頭的價錢，反正就交給海產店，沒管那麼多。」婦人說。

「可以拍照嗎？」我問。

「隨便你。」婦人說。

婦人又埋首忙去，只見她迎著海浪，在石頭的縫隙中翻找，從我第一刻望見她，腰都是彎著的，手從沒停過。

在強烈的陽光下，我猛按快門，終於等到她站直了身子休息。

這種貝類俗稱小九孔。（鄭順聰／攝影）

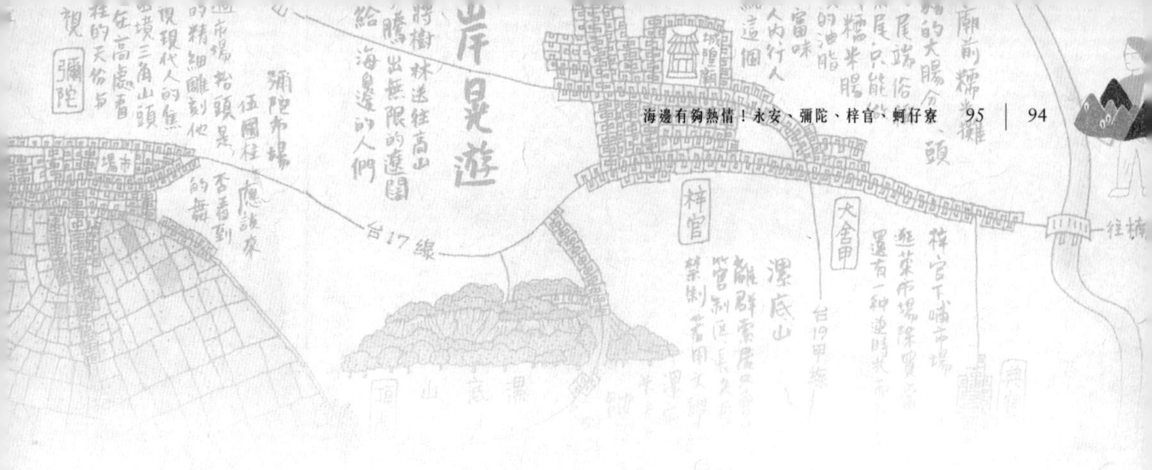

「你住這裡嗎？上頭的人說你是客家人？」我問。

「我是原住民，台東來的。」婦人說。

「所以是阿美族囉，你大老遠從東部來啊？」我問。

「我是阿美族沒錯，小時候都在海邊撿貝殼，不過我二十幾歲就嫁到楠梓，你猜我現在幾歲？」婦人問。

「我不知道。」遇到這種問題，當然要裝傻。

「我已經六十多啦！」婦人說。

「天啊！看不出來，保養真好，所以你孩子都長大囉？」我問。

「是啊，都結婚了。」婦人說。

「你有每天來嗎？每次撿多久？」我問。

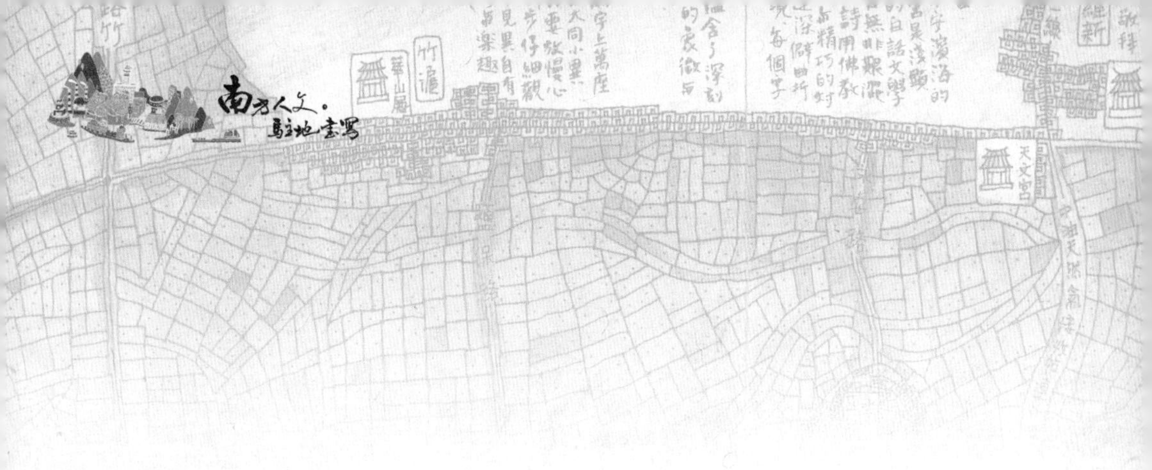

「次數不一定，大概一個禮拜兩三次，要看氣候，我來了就開始做，漲潮時會有危險，就收拾東西回家去。」話說完，她又彎下腰，繼續在岸石的各個維度翻找，腰間小魚簍應是親手編織，原住民風格的花紋，紅白相間，鮮艷的顏色比陽光耀眼。

「要小心安全啊，再見！」我說。

回到海堤上，清潔婦不見人影，換成一個老男人與嘴唇朱紅的妖嬌女子，兩人刻意保持距離，一股廉價的香水味衝入我的鼻腔。

「下頭那個人在撿什麼？」女的問。

「上次我們去海產店，我有叫老闆炒一盤，叫小九孔，肉很嫩，你還記得那個晚上嗎？」老男人言語曖昧。

我不敢多聽，摩托車繞下

請看腰間美麗的簍子。（鄭順聰／攝影）

海堤，鑽入麻黃樹叢撿回安全帽，抬望眼，老男人粗壯的手已搭上女子的肩。

往前，又是一段單調的海景，沿途立著幾個水泥製、說不上是香菇或雨傘的涼亭，大石頭鐫刻「彌陀海堤」，其旁有位優雅的仕女，披衣撐陽傘，長裙隨風飄揚，不知在看她的愛人、海，還是茫然的天際。風聲咻咻，我大聲吟誦夏宇的詩〈我們苦難的馬戲班〉：

石雨傘。（鄭順聰／攝影）

終究是不喜歡什麼故事的
可頭髮　卻已經慢慢留長了
當沒有人知道如何旋轉譬如你
背著海。骰子停止的時候
第幾次永恆又回到偶然　你留下來
你留下來好不好
……

看原住民婦人採小九孔，感覺到一股生命的堅韌。

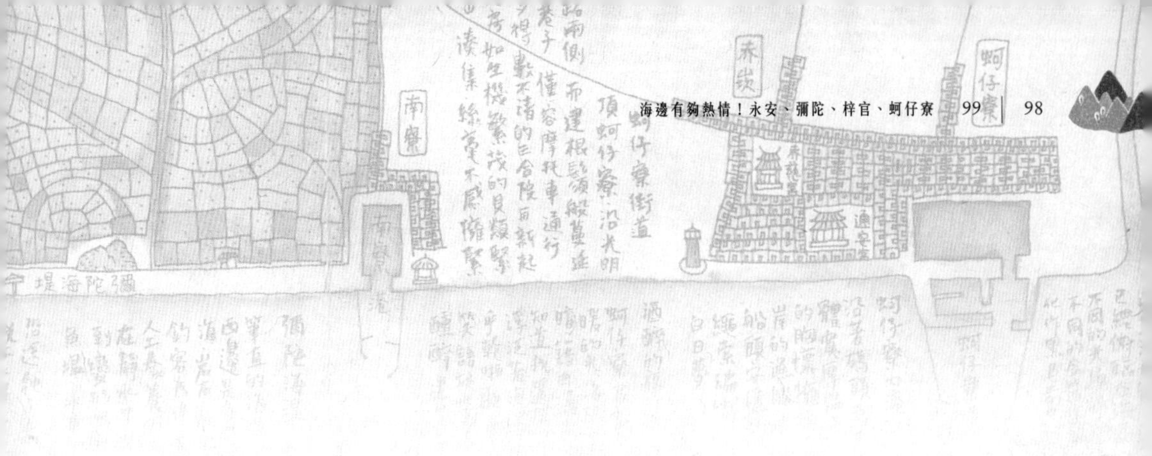

鹽田中的柑仔店

順著彌陀海堤往永安海邊，因阿公店溪阻隔，得先往東接台十七線，到新華路或永安路路口，往西，穿行廓然無邊的魚塭，來到新港海堤，才能再度伴海而行。

昨天訪問蘇伯伯時已來過，今天周周折折再來永安，是為了「鹽田里」。行前做功課，在谷歌地圖漫遊，發現永安北邊玻璃般的水面包圍一方形聚落，台灣的村落多呈不規則形，鹽田里竟然是正四角，一條「中央大道」穿心而過，引起我的興趣。

繼續查找資料，原來，村落所在本是內海，日治時期填海造陸，闢為鹽田，且規劃宿舍招徠台南北門的鹽民來此開墾。一般印象中的日式宿舍，多為木構、黑屋瓦、綠樹庭園，鹽田里有現代化的井然規劃，建

築仍是傳統的紅磚屋。

永安是高雄沿海最小的區，鹽田里是永安人口最少的里，地理懸隔加上鹽業沒落，在台灣人的印象中，幾乎不佔任何記憶體。反引發我海嘯般的興趣。

沿海岸往北行，接近鹽田里時，一棟洋樓奪去我的注意，那是「烏樹林製鹽株式會社」，獨立於鹽池曠野之上，我穿越茂密的紅樹林，高雄豪族陳家的鹽業辦公室即聳立眼前，洗石子洋樓伸出左右廂房，古蹟才剛修復好，為鹽業的歷史結晶。太陽鼓動所有的能量打光，陽台欄杆如衛士般肅立，山頭的動章裝飾，雄偉氣派。

烏樹林製鹽株式會社。（鄭順聰／攝影）

參觀洋樓得事先申請，我在門

口來回踱步，想起行前在谷歌衛星地圖查找，左上角有個黃色小人，拉進地圖即可親歷其境。鹽田里雖地處偏遠，谷歌無遠弗屆，竟也有街景地圖，操作著滑鼠，跫音不響，我自在走踏，兩旁是屋簷低矮的傳統房舍，來到村莊的中心，發現柑仔店！我心想，這村落定有許多故事，留在阿公阿媽的記憶體中，興致來了就到廟埕或這樣的柑仔店講古。谷歌功能有限，無法窺入柑仔店內部，我猜，裡頭可能有一群人正圍著棋盤激戰，或老闆躺在藤椅上哈菸、煽風、打盹。

從虛擬回到真實，我滿心期待踏上鹽田里的中央大道，柑仔店果然如谷歌地圖顯示的，門口有綠色郵筒與大紅春聯，我摩托車停門口，脫下安全帽，喊了聲「好熱！」藉口渴買飲料的理由，要到裡頭找人聊天挖故事。

低頭跨入門內，我整個人傻了。

艱難地買了罐礦泉水，坐在椅條上猛吞了兩口水，侷促不安的我倉皇拿起相機，到外頭拍照去。

鹽田里的中央大道。（鄭順聰／攝影）

順著筆直的巷道，我按次序一條條踏查，紅磚三合院大多閒置荒廢，牆堵內偶爾傳出電視聲，婦女彎腰洗衣，有人正整修房子，主廟叫南瑞宮，門口有柵欄圍著，我進不去。

南瑞宮。（鄭順聰／攝影）

過去高雄沿海有能力的人家，會在正廳門口寫上對聯，鹽田里亦不例外，有許多字句典雅、意境悠遠的詩句，我記錄下來：

上聯：魚戲柳塘生錦浪
下聯：風翻花徑起香塵
橫批：人與山光水性閒

走著走著，巷子正中央來了根電線桿擋道，用白色油漆噴上「鹽田」兩字，桿頂還有火龍果攀藤，真像凝固的綠色煙火。接下來猶如參觀文創設計展，我看到屋身的西洋藻飾華麗非凡、髮簪造型的高雅窗櫺、轉角的砌磚繞富旋律……

盤纏在電線桿頂的火龍果。（鄭順聰／攝影）

廢屋殘存的藻飾。（鄭順聰／攝影）

低矮的屋舍遮蔭功能不強，近海又近午，陽光猖狂了起來，我的眼睛幾乎張不開。房子從完整、荒廢、崩裂到倒塌，狗吠聲越來越狠，躲過這條巷子的惡犬，我在下一條陷入困境，前後都被惡犬包圍，也不見主人喝止相救，一度以為我逃不出去了……

遇到惡狗逼近，絕對不能拔腿狂奔，要慢慢的閃、慢慢的閃、閃出牠的地盤。

有驚無險回到柑仔店。

椅條臨窗，我拿出礦泉水猛灌，老闆躺在籐椅上，眼皮微張，歪斜的嘴角無法阻止口水流出。

貨架最上頭放了個儲藏盒，大字寫著：「若要買菸，請洽◎◎◎，電話——，將前來服務。」盒內似乎是菸，可能是整間柑仔店最貴重的商品，但老闆似乎無法獨力販售。

窗花造型極美。（鄭順聰／攝影）

終於有客人來了，打開冰櫃取出大罐巧克力調味乳，從口袋翻出紙鈔，只見老闆捉一把零錢，平攤在手掌上，微微發抖，請客人自行找零。

一鼓作氣喝完調味乳，客人騎上摩托車噗噗噗離開。

老闆坐回籐椅，身體不由自主扭動，消瘦的臉浮出顴骨。

我不知道他的不完全，醫學名稱是什麼，歲月吹白他的髮，吹皺了皮膚。

原來，疾病也會老。

這間柑仔店，定有許多故事。

但我不忍問。

令我躊躇不前的柑仔店。

十七號公路

離開前查找地圖，發現鹽田里旁邊有條鹽保路，可直通台十七線，我摩托車才剛上路，大型貨車擦身而過，聲音轟隆隆，比我身後的鹽田里還巨大。

華山殿。（鄭順聰／攝影）

鹽保路寬闊平直，紅樹林在左魚塭在右，水車、鐵皮屋、孤鳥點綴蒼涼，行了許久，就我一台摩托車。

眼前出現橋樑，正修築中，工人蹲踞路旁吃便當，我小心翼翼穿越塵土飛揚的臨時便道，終於有工廠、終於有住家、終於接上十七號公路。

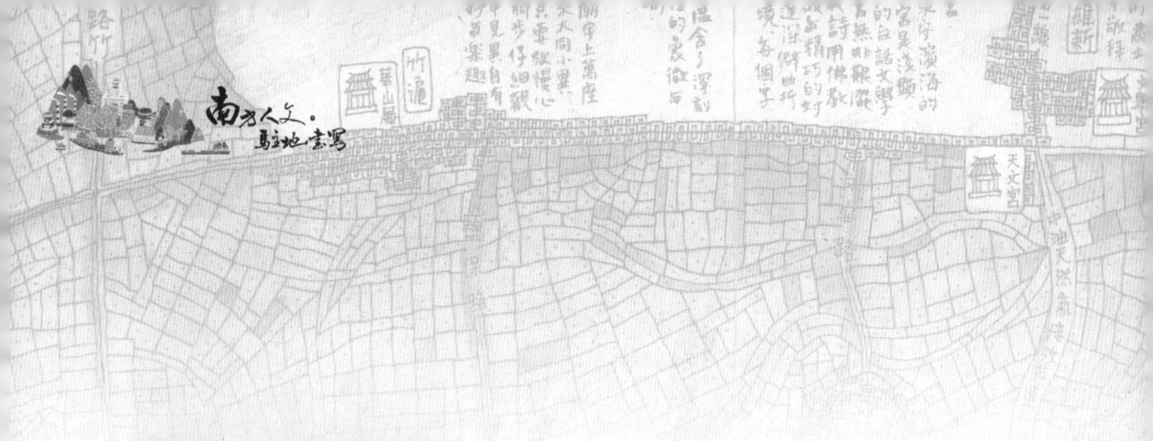

華山殿

原不在晃遊範圍內，但看到「全台唯一主祀寧靖王廟宇」之路牌，止不住好奇，先去看看再說。

我在台灣旅遊，逢廟見寺，定跨入門檻參拜觀賞，全國廟宇上萬座，看起來大同小異，其實，只要放慢心情與腳步，仔細觀諦，同中見異，自有其神妙與樂趣。

鄉下廟埕之寬廣，並不令人意外，位於路竹區竹滬里的華山殿也是，節慶之故，立起一面彩繪燈籠牆，迎風飄揚繽紛壯觀，布袋戲歌仔戲棚已搭好，晚上看來熱鬧了。

寧靖王神像。（鄭順聰／攝影）

三川門旁有座小亭，鐫刻「明寧靖王史記」，詳述生平：朱術桂，字天球，號一元子，萬曆四十五年生於湖北荊州，是明太祖朱元璋第九世孫。明朝末年，李自成攻破紫禁城，吳三

預先搭好的戲棚。（鄭順聰／攝影）

桂引清兵入關，進入「南明時期」，寧靖王隨南明皇室流徙，後由鄭經軍隊護送來台，住在為他量身打造的寧靖王府（現台南大天后宮），奉為鄭氏王朝反清復明的精神領袖。然而，鄭成功過世後，鄭經對寧靖王態度冷淡，是以大多時間僻居在竹滬的墾地，農漁度日。一六八三年，施琅攻陷澎湖，鄭克塽乞降，流離了四十多年，寧靖王知道大限將至，遂悉數焚毀田契，將土地田莊贈與當地佃農，隨後自縊殉國。家丁與佃農感念寧靖王恩澤，恐清兵掘墳，遂造上百座假墓掩護，一藏，就是兩百多年。直至日治時期，真墓在現在的湖內區湖內里出土，而專奉寧靖王之廟宇，即我眼前的華山殿。

台灣的廟宇，多以大紅為主色，華山殿的門堵龍柱卻是黑色的，我推測，因寧靖王為明朝遺室，明朝的保護神乃玄天上帝，即古人的北極星信仰，就陰陽五行而言，北方屬水，其色尚黑，是以華山殿一襲玄黑。三川殿明間對

連震東敬題的對聯。（鄭順聰／攝影）

聯：「華族全髮得留名不愧明庭貴青 山斗捐軀以殉國足欽漢室完人」，其旁還有連震東的行書，字體流麗。跨入廟門，寧靖王神像安座神龕，當地人尊稱為「老祖」；龍邊神龕供奉「冊封明寧靖王祿位」神位牌，是此廟歷史最久的古物；虎邊神龕「五妃娘娘」，跟一級古蹟五妃廟相同，恭奉追隨寧靖王殉節的五位妻妾。而新捐的牌匾「威靈赫奕」，裡頭也大有學問：寧靖王善翰墨，風格剛勁，惜現存真跡不多，原威靈赫奕牌匾，現懸掛於台南市民權路的北極殿，是府城最古老、也是台灣僅存的明鄭古匾。

空曠的廟埕，有張顯眼的紅紙，趨近一看，原來有信女連擲八聖杯，榮獲「天官首」，我算了算，機率 1/6561，中樂透都沒這麼幸運。

廟旁的公園，據傳過去是寧靖王的莊園，六株巨榕樹冠相連如雲，阿公阿媽在涼蔭下抬槓打盹，歷史乘著輕風，就此流轉而去。

天文宮

走台十七線經永安區，沒有人會忽略那面牌樓，猶如古代戰艦的巨帆，吸引我一探究竟。

高雄沿海地帶，建築量體最大的永遠是廟宇，天文宮的主殿應是其中翹楚。步入主殿，見我拿起相機，廟方主動提供摺頁，介紹主神徐府千歲，即唐代名將徐勣生平，內容還有建廟緣由、空間規劃、未來遠景，且推展書法文化，詮釋道教哲理，還附上燒王船的巨幅歷史照片，我有蒐集台灣廟宇資料的習慣，天文宮製作的摺頁，是我讀過考證最詳盡、申論最用心的。

天文宮巨大無雙的牌樓。（鄭順聰／攝影）

步入中庭，氣氛從莊嚴轉為幽靜，花園造景以清淨無為之主旨設計，花木扶疏，鳥聲啁啾。兩側迴廊亦稱文教走廊，且漫步且觀覽，花窗窗櫺雕刻中國歷代紋飾，從新石器時代、紅山文化、夏商周春秋戰國直至明清。後殿供奉天孺三聖尊，

幽靜的中庭花園。（鄭順聰／攝影）

藍色的橢圓形簷廊穹頂，蓮花朵朵的廊柱，北方宮殿樣式融入佛道風，是一種宗教的新混搭。

天文宮有許多書法名家的大手筆，三川殿明間那副對聯，我覃思不能解：

芋蓮顯相府統心蕊福寄冠祿深毓行
笠斛鑾俗儒金閑闞木朝洒相闊子皂

如果，永安海濱的新港宮，是淺顯易懂的白話文學；天文宮就是艱澀的現代詩，用佛教的典故與精巧的對仗表達深僻曲折的意境，每個字，似都蘊含了深刻繁複的象徵與隱喻。

天文宮後殿簷廊。（鄭順聰／攝影）

文興宮

續往南行，永安工業區在望，鐵皮屋骨白方直水泥房，工業區之單調風格，此地稱維新里，永安的觀光摺頁上，特別標示「文興宮」。

「值得一看嗎？」我自問。

半信半疑間，我摩托車轉入維新里，浮現一片田野風光，雖然新設立工業區，傳統的村落仍在，恬靜迷人。

文興宮廟門口。（鄭順聰／攝影）

簡直是寶庫，當頭就是潘麗水的彩繪，門神氣度雍然，一手撫髯，一手執法器，散發威嚴安定的氣息。神龕兩側的牆堵，龍邊題「天官賜福」，虎邊「財子壽圖」，圓潤的浮雕洋溢著幸福。文興宮主祀清水祖師，神龕正上方的匾額「護國佑民」，題款者是蔣經國總統，相當罕見。

藍底金字「文興宮」三字，飛白牽絲、蒼勁神氣，在底下仰望了許久，熱心的廟公把我拉到辦公室，有塊古匾「參透禪機」，素面未上色，也是嘉慶年間古物，廟公說，這兩塊匾出自同一人之手，是當地的書法家所寫，名姓已不可考。

在此純樸靜好的地方，安奉如此多寶物，還有不世出的大師墨跡，香煙嬝嬝，仿擬時間之悠慢，清水祖師前肅立，我合十敬拜。

大師潘麗水所畫的門神。（鄭順聰／攝影）

彌陀伍國柱

晃遊了一個早上，要輪到舌頭大顯神通，從台十七線探入彌陀市區，行前閱讀資料談到吃食，都指向「虱目魚丸」。

談到吃虱目魚，不能不談台南，府城的早餐一字排開：牛肉湯、碗粿、包子、割包、潤餅、菜粽……一起床就是盛宴。但許多人的首選，乃虱目魚粥——嗜鮮者，在台南公園旁的阿憨鹹粥排隊；喜料多，就要到小西門的阿堂鹹粥等候，魚頭、魚肚、魚腸、魚皮皆可食，無論清煮或乾煎，厲害的食客以挑刺為樂，吸吮得片肉不剩，在桌上重組魚的骨骼標本。

浮想飄遠了，看到房子招牌漸次繁多，路縮了腰，彌陀市區到了，網路資料寫民國六十多年，養殖技術躍進，漁獲大增，虱目全魚可用卻捨棄魚背，當地人覺得可惜，遂將魚肉絞作魚丸販售，其緊緻與肉香大受歡迎……

前人的智慧發光，一方面惜物，一方面巧用，台灣小吃就是這樣來的。猶如鴨頭，絞碎當飼料可惜，於是在台南的東山，有個姓「籃」的人家，將滷好的鴨頭放入油鍋，炸得酥脆無比，成一代赫赫東山鴨頭。每次到東山，排長長的隊總不耐，但鴨頭到手，從撕皮、吸髓、嚼骨，把脖子當零食啃，一個鴨頭，綜合了齒牙的各種咬嚼法，在鴨頭的拆組轉動中，滋味與口感不斷變化，難怪一地發源全台風靡……

浮想又飄遠了，回到彌陀，著名的有興義魚丸、張文山魚丸、魚丸同，但帶回去煮我等不及，當下就要吃，中正路靠彌陀市場處，有一家「清香切仔麵」，冰櫃擺列各式黑白切，止不住饞我點了好幾盤，油麵的味道濃郁，端上來的魚丸湯浮著魚皮，撒上薑絲與蔥花，喝一口湯，咬一口魚丸，如此紮實濃郁，果然是食材的產地。

招牌顯現此店頗有歷史。（鄭順聰／攝影）

清亮切仔麵料多味足。（鄭順聰／攝影）

閱讀牆壁上的新聞簡報，才知這家是魚丸同後代，創始人叫陳朝福，早期因生活艱辛，帶領四個兒子以新鮮旗魚、虱目魚揉製魚丸，在彌陀市場現場販賣，四子後來開設清香切仔麵，現已傳承到第三代，有麵有黑白切，更可當場品嚐香噴噴的魚丸湯。吃著吃著我突然想起，彌陀有座醬油工廠，岡山的羊肉爐悶羊肉時用它，辣豆瓣醬與醬油膏也用它，拿起醬油瓶轉到標籤那面，果然是「龜甲香」，得來全不費工夫，夾起小菜，猛沾了好幾下。

擦擦嘴角，結帳時順道問：「有個古蹟叫吳家燕尾古厝在哪裡啊？」

老闆一臉疑惑，在旁有客人熱心指引：「要看古蹟啊！我跟你說，就在市場裡頭，這條路轉進去就是！」

那客人理平頭，身材短小精實，相當熱心。但我看地圖，吳家燕尾古厝跟市場離得很遠，也不管那麼多，照著平頭男的指引走，轉角有間

古味盎然的街屋，一樓是樸實的木門，二樓有洗石子欄杆，店名「品香百貨行」。走進中華路，攤販正在收拾準備休息，我望見一處紅瓦屋頂，就在琉璃瓦大廟旁，心想古蹟就在那兒，遂鑽入巷子，見有人在涼椅上午睡，低矮的老磚房塞滿了木頭，那是古早人煮飯的灶，木柴塞入爐口，燄火熾盛，一對大鍋在上，蒸氣騰騰，涼椅上的年輕人醒了，一問才知，他們家世代相傳，堅持用柴火燒灶，以最傳統的方法炊粿。

此時，平頭男提著麵出現，大喊：「喂，不是那裡啦！」拉著我走進市場，抬頭上指：「古蹟在那兒，很漂亮，不是嗎！」

那是間兩層樓街屋，最頂端有洋式山頭，我心生疑惑，想到吳家燕尾古厝是三合院，屋脊有起翹的燕尾，不是台北三峽那種老街屋，看來是誤會，但我還是向平頭男道謝。

「好好欣賞，我上班去了。」平頭男說。

「你在哪裡上班啊？」我問。

轉角雜貨店。（鄭順聰／攝影）

用柴火燒灶的古法蒸粿。

平頭男指向一棟紅色建築，門口立著巨大徽章。

「啊！原來是警察先生，太感謝你啦！」我說。

「我回警局吃麵，等一下要執勤了，彌陀是個很棒的地方，歡迎！」

平頭警察跟我道別，拎著麵上班去。

市場遮陽擋雨的大鐵皮屋頂，恰將那洋式的街屋蓋護，透明浪板透入的光很稀薄，微微照亮三角形山頭，這是日治時期常有的街屋裝飾，精細的珍珠連綴成圓，一對款擺的花草托起，仔細看，山頭頂端還有塊倒覆蚌殼，略略風化漫漶。

我突然想起，早逝的舞蹈家伍國柱，也來自彌陀，這個南國陽光下長大的男孩，其作品《斷章》、《在高處》，我觀賞時興奮不已，觀賞後無法忘懷，舞蹈內容都是些微不足道的小物事：騷捉、驚恐、僵滯、焦慮、徘徊，在卑微瑣碎中，傳達現代人的處境。

我認識彌陀，乃因蔣勳《少年台灣》，〈彌陀〉那章所寫的男生，就

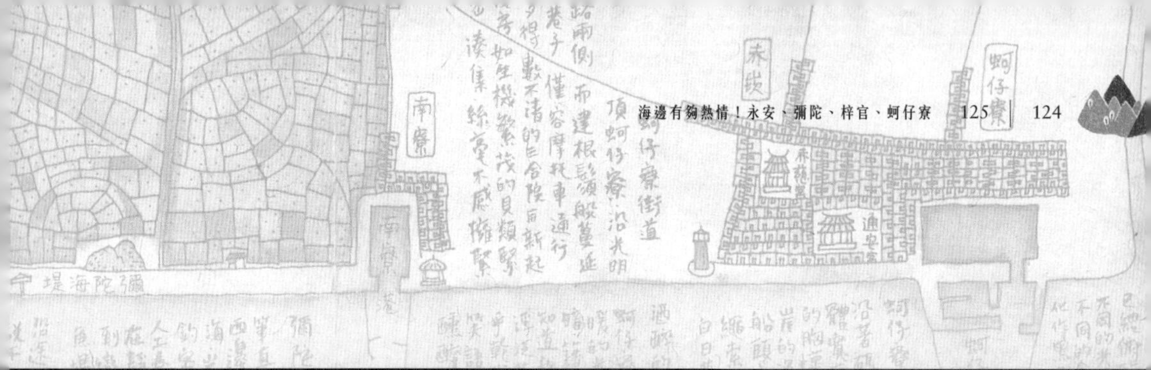

市場內老街屋的山頭藻飾。（鄭順聰／攝影）

是伍國柱，三十六歲英年早逝，實在太可惜。原來，老天爺也會忌妒，不讓這個天才在人間久留。

伍國柱應該也來過這個市場，抬頭，是否看到山頭的精細雕飾。伍國柱的舞，透視了現代人的焦慮與困境；山頭是否也在高處，看到伍國柱的天份與靈氣？

走出市場，鼓起勇氣拜訪警察局，平頭警察正在與其他同事吃麵，個個短小精悍，個個客氣和善。

平頭警察是外地人，調來彌陀一陣子了，管區非常大，但一天到晚巡邏，主要道路連接魚塭間那腸子般的小徑，早瞭若指掌。

「這地方治安很好，到了晚上就暗濛濛的，最亮的地方是便利商店，很純樸吧！」平頭警察說。

雖有意外發現，我還是不死心，四處問人，吳家燕尾古厝跟這一帶的磚造三合院長得太像，在鹽埕中路來回多次，終於找到了！

果然，正身有過去官宦富貴人家才有的燕尾，牆面是方大的閩南磚，正廳擺設簡單，散發樸素清簡之美。

我到一地走覽，除了主要目標，更喜在四周圍探尋，走入古厝旁的巷子，後頭還有一進，空地閒置著軍綠色木箱、馬賽克浴缸，木製躺椅頗前衛，椅腳與扶手繞成一個大圓形，地上堆滿土石碎磚，樑斷牆崩，露出荒涼的內在。

只有這樣子嗎？

在旁洗衣的阿媽說，這些厝裡頭的人都搬走了，房子倒了也沒法度修。

再往深處探尋，大榕樹守著老屋，茂密的綠伴著滄桑的紅，人離開了，提起行李帶著孤單的靈魂，一個、一家、一族離開。

就只有這樣子嗎？

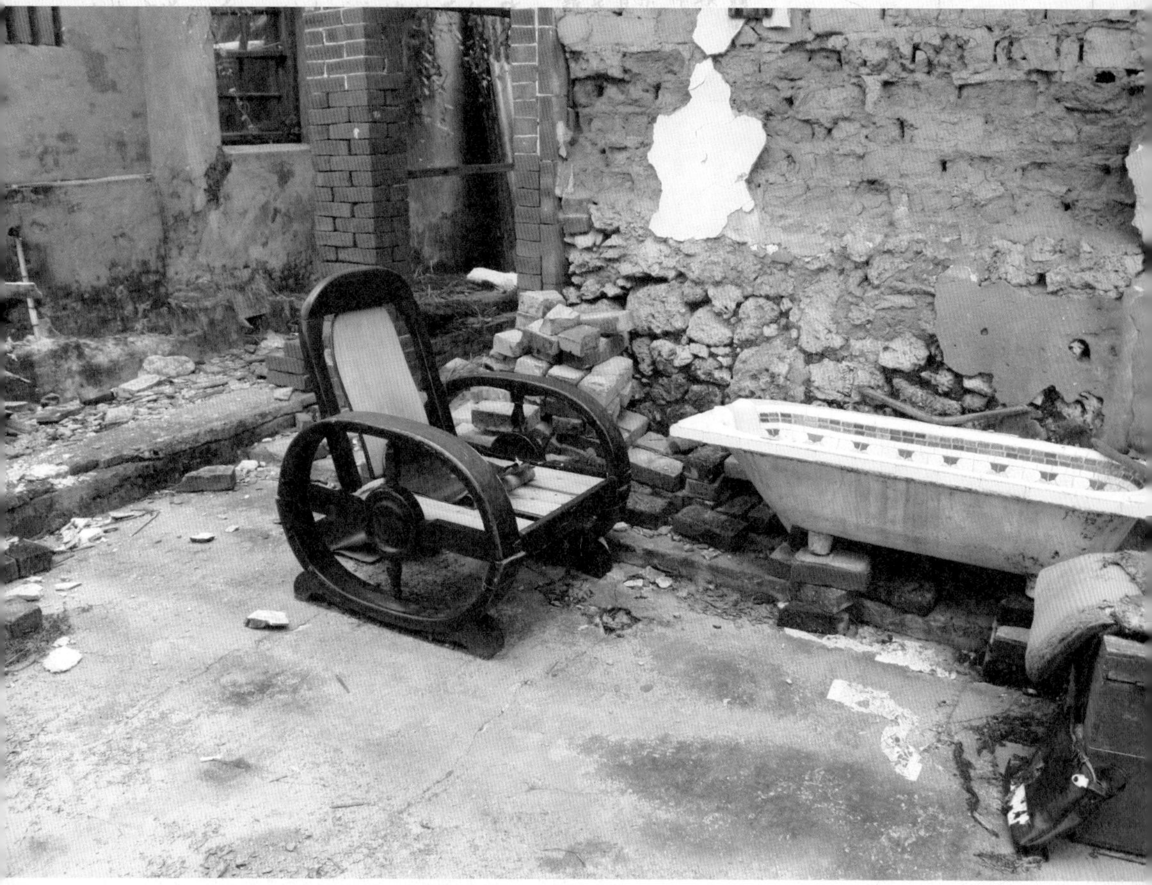

吳家燕尾古厝後頭的殘破景象。（鄭順聰／攝影）

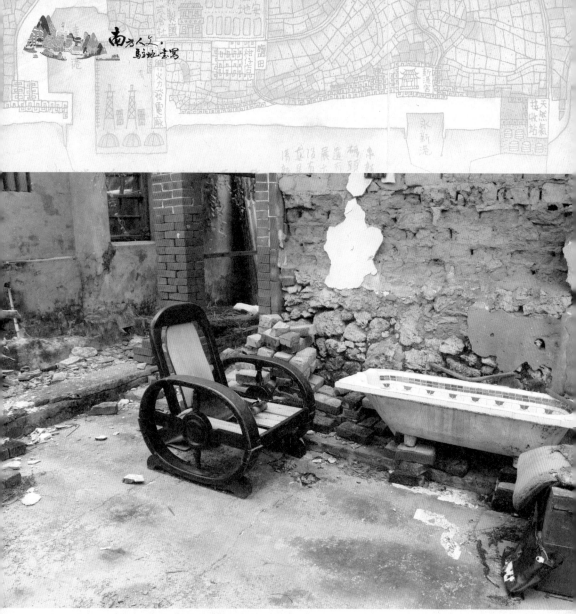

牆壁上有孩子塗鴉，寫著：如果。

我拍下來。

門上殘留的紙有孩子的毛筆字：平安是。

我拍下來。

沒錯，這裡是彌陀，橫批題：阿彌陀佛保平安。

這很像一首詩啊！我仰望遼闊的長空，詩就空了一行，走過幾間老屋，低頭，這首「行走的詩」就有了結尾：

如果
平安是
阿彌陀佛保平安
我愛你

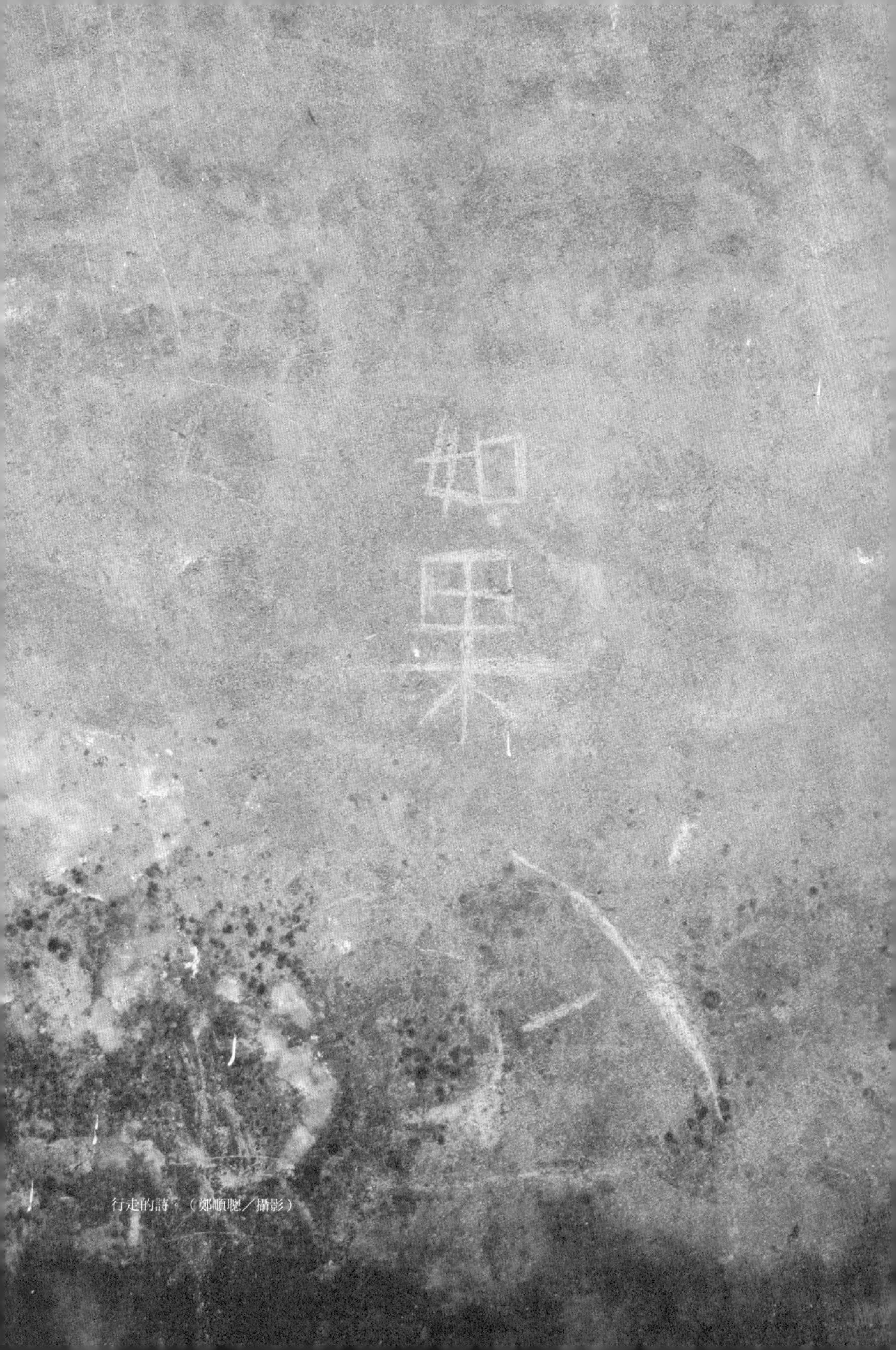

行走的詩。（鄭順聰／攝影）

登漯底山可以望遠。（鄭順聰／攝影）

漯底山

光名字就很怪異。

「漯」這個字，一般人看到，有邊讀邊喊「累」，不對，說成「螺」，也不對，舌頭嘴唇怎麼扭，很難扭出正確發音「踏」。閩南語唸「lap」，第四調，此山土質鬆軟，腳一踩就陷下去，故名「漯底山」。

之前在網路上搜尋圖片，秀出荒枯的山貌，文字說明：漯底山屬泥岩土質，顆粒疏鬆，易遭雨水侵蝕，是所謂的「惡地形」。

談到惡地形，最著名的莫過於「月世界」，分布於高雄的內門、田寮、燕巢，地貌枯灰皺褶如百歲老人之皮膚，怎會想到，數十公里外，還有一座惡山，孤另另佇立海邊。

漯底山位於彌陀與梓官之間，我走台十七線前往，口舌滿足後，腦袋開始浮想，想起舞鶴的小說〈悲傷〉，有個蚵寮男子，當兵時發生事

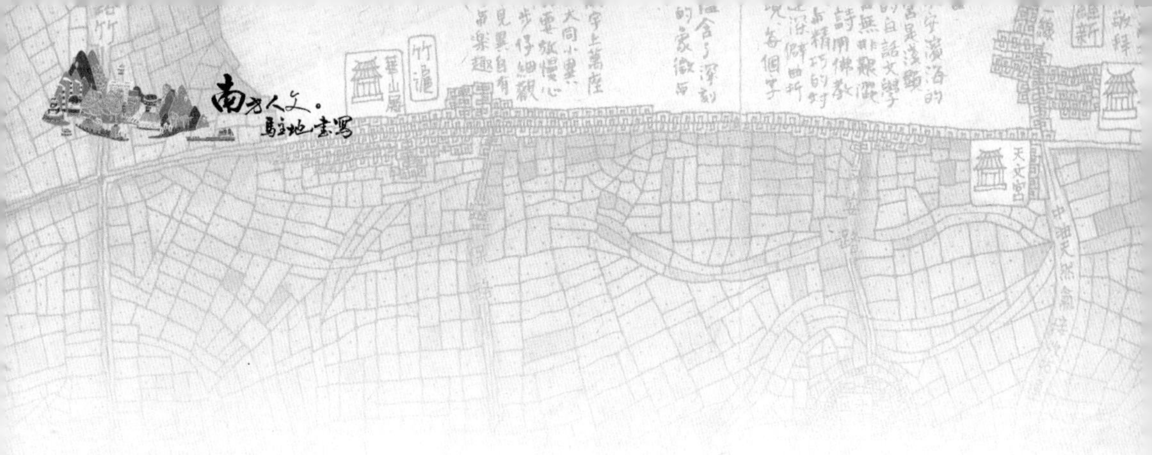

故提前退伍，行為變得怪異，在家人的安排下入贅田寮，就住惡地形中。在舞鶴的文字中，宣洩不盡的情慾暴衝出肉褶裡的石灰岩泥欒，精神變態與冷酷異境符應，多麼地哀傷無告。我幻想，惡地形連綿聚集，唯漯底山離群索居，又曾是軍事管制區，長久受到高壓禁制，若用文學比喻，漯底山就是卡夫卡，皺褶蒼白的骨皮肉，是壓抑、變形、怪誕的現代心靈。

漯底山已撤除軍備，瀏整為公園，開放給民眾觀光休閒運動，坡道兩側青青翠翠，走了一陣子，出現簡樸的水泥房舍，鋼材頂起的巨大棚架下有座籃球場，輕盈精巧的設計絲毫不顯壓迫，下坡處還有公園造景，小橋流水秀麗清新……

噫！惡地形、皺褶蒼白的骨皮肉、卡夫卡呢？

有個阿伯單手托著籃球正要離開，精壯的身軀大汗淋漓，確定此地是漯底山後，問他那個那個……惡地形在哪？

阿伯講得落落長，我聽了滿頭霧水，結論是，再往上走。

路更陡峭了，草叢掩護著防空洞，碉堡槍去人空，相思樹下傳來騷動，一尾肥大的蜥蜴，青綠鱗片反射陽光，猶如漂聚河面的重金屬。

噫！惡地形？皺褶蒼白的骨皮肉？卡夫卡呢？

一轉頭，惡地形終於出現，展開如屏風，比我料想的迷你，皺褶蒼白的骨皮肉被滿山遍野的竹林花草包圍，卡夫卡在此，更顯瘦小孤單。

到觀景平台俯瞰，魚塭先吸引我的視線，格子般整齊排列，散發幾何魅力，這是彌陀的海岸平原，房子聚落零零散散，南寮漁港在左手靠海處，遙望所來徑，摩托車騎了許久的彌陀海堤，在我眼前不過虎口那麼長，海與天空拉起單純的背景，鳥在高處的騰飛皆無所遁形。

想更過癮些，我爬上最高處的碉堡，圓柱形的封閉空間開一長條形窗框，角度寬廣更甚汽車擋風玻璃，我彷彿搭上宇宙戰艦，凌駕於月世界之上。

不甘趴著看風景，跳上駕駛艙窗台，眼前的一切更為開闊，迎風眺望，我探索這個世界的意志，以光年的速度往未知以外的未知而去。

如屏風般展開的惡地形。（鄭順聰／攝影）

從漯底山遠望彌陀海岸。

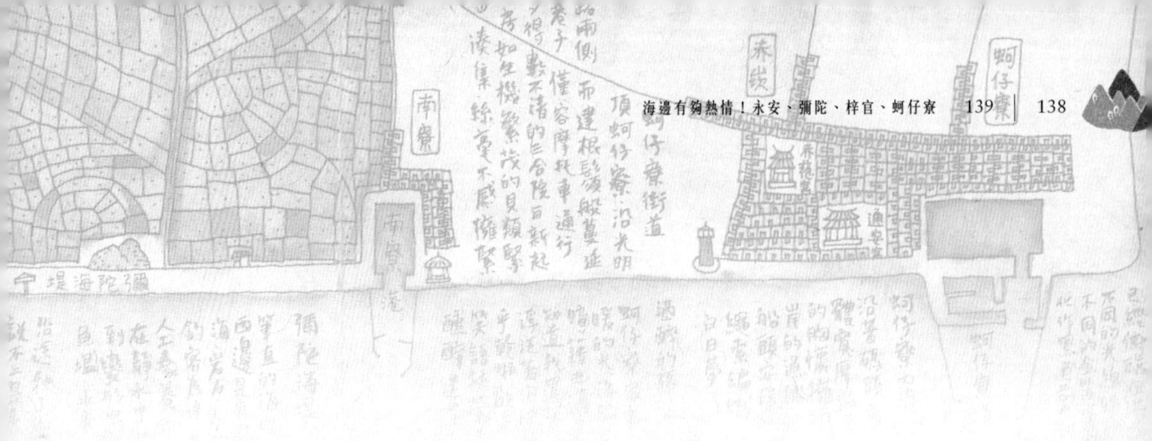

糯米腸的眼淚

梓官市區，就像台灣到處可見的小市鎮，街道擠滿了摩托車與招牌，找到牌樓就找到了城隍爺廟，跟早上那些廟宇的空曠安靜迥異，想為廟正面完整拍個照，不是被樓房切去一邊，摩托車闖入，就是小販傘棚遮擋，整個廟口儼然是個市集。

蹲在地上的小販說，廟旁有梓官第一市場，現在是下晡市，從下午兩點營業到傍晚，我鑽入廟旁大樹下的「洞口」，喧闐繁盛迎面而來。

我走踏各地，定去菜市場看看，因為，要膚觸在地生活的最真實，一定要到市場去。地方的人情與特產、口音與詞彙、熱鬧或蕭索，當然還有政治版圖、金錢與土地交易、各種流言傳說神話，一定要親身「市調」。

梓官的版圖「南藍北綠」，非政治而指物產，南邊蚵仔寮濱海，漁

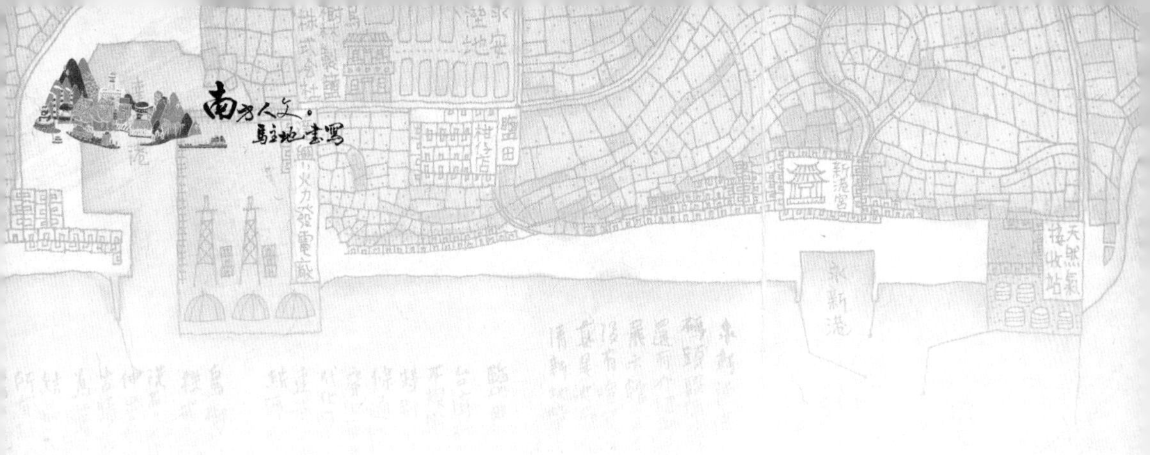

獲豐富；北邊則是廣大苗圃，栽植各種清蔬，是台灣三大蔬菜集散中心之一。城隍爺廟是北梓官信仰中心，從海洋撈捕而起的，在腥味中透顯新鮮；在土地中採拔的，仍沾著泥土與露水，海洋與陸地的珍鮮匯聚一堂，在這裡，藍綠大融合。

然而，逛菜市場除採買當下的新鮮，還有一種逆時光而行的樂趣。

鄉下市場果然是最理想的考古現場，**碗粿**用平常人家吃飯的瓷碗盛著，**菜頭粿**阿媽輩的人人會蒸，拿來市場賣，各家的內餡口感不同，**蚵嗲**酥炸的味道讓人口水直流。走著走著，看到更為稀罕的古早味：**發粿**、**紅龜粿**、**芋粿翹**，我猛按快門拍照，與女老闆攀談，問旁邊一塊塊切成菱形的透明果凍**是啥米**？老闆說是「**菜燕**」，我「啊！」了一聲，我家鄉民雄市場口，就有一家數十年不變的小攤，賣的就是菜燕，我在外地很少見到。老闆要請客，我堅持付錢，這種ＣＰ值高的古早滋味

梓官城隍爺廟。（鄭順聰／攝影）

常被低估，享用一定要付費。

既浪遊又爬山的，肚子咕嚕咕嚕叫，我最最期盼的點心時間到了，純粹滿足口舌饞意，過癮莫甚乎此。環顧廟口，有豆花、臭豆腐、肉圓、麵、米苔目、炒米粉，選擇太多不知如何是好，那就用目測，我選廟門口那家香腸攤。

好吃的芋粿翹。（鄭順聰／攝影）

我搬來椅子坐下，在人來人往的露天廟埕，看老闆忙進忙出，三不五十就有客人來哈啦兩句，熟識的婦人將袋子暫掛攤子，散步到菜市場補貨去，真是充滿人情味的好地方。我先點香腸與關東煮，舀了碗清湯解膩，看糯米腸肥美滿鍋，忍不住加點一條，老闆放到平底煎盤過油再端上，我咬下糯米腸，香味盈溢，腸衣厚實有嚼感……

其中大有學問。

越逛越有勁的下埔市。（鄭順聰／攝影）

付錢時，我大讚糯米腸好吃，熱情的老闆侃侃而談，才知道，一般市售完整圓管形的糯米腸，都是人工做的，真正的腸衣，取自豬腹內的大腸，形狀並不完整。這攤賣的可是「**正糯米腸**」，腸衣是老闆一早起床特地到岡山空軍市場採買的，由於空軍收入豐厚，批來的腸衣品質較佳，老闆每天早上炒糯米、灌腸衣，經熱水川燙，約下午兩點到城隍爺廟埕販售。

這才是真正的糯米腸。（鄭順聰／攝影）

「**萬項愛現青才好**。」老闆表情充滿驕傲。

緊接著是美味的祕密：猶如四神湯要好吃，腸管內油脂越多越好。一隻豬的大腸分三部分：頭、中、尾。頭的部分就是大腸頭，大多給麵攤切作小菜；中段最長，一般人多吃這一截；但滋味最豐的是尾端，俗稱「**布袋尾**」，頂多做兩份，裡頭的油脂最豐富，內行人都點這個。

聊著聊著老闆就帶我步上階梯，在城隍爺廟門口俯瞰這熱鬧的市集：

「請問貴姓？」我問。

「**過去是台灣尚大的姓。**」老闆說。

「陳、李、林，還是趙錢孫？」我猜。

「**我姓蔣，蔣總統的蔣。**」世居梓官的蔣先生，接手父母的攤子，連他在此已賣了快四十年。另一個顧攤的是小兒子，本在岡山的飛機零件工廠服務，但工廠要搬遷到遠處，遂辭去工作回來幫忙……

「**再加上，伊媽媽過身，驚我做獪落，就來接這攤仔。**」

老闆臉色一沈，說起幾年前，太太一眼視力突然大減，醫生判斷是眼睛血管斷裂，於是去大醫院做雷射治療，後來誤吃偏方，竟演變到洗腎、病重、過世……

老闆越講聲音越小聲。

「你的囝仔真有孝！」我刻意轉個話題。

「沒法度，朦做朦做。」老闆說。

「有人逗手腳，你等於半退休，心情放輕鬆啊！」

「逐天就來遮看看，沒，人生是欲安怎！」

「你就麥想按呢多，城隍爺會保庇。」

「唉！嘸管啥米宗教，攏是心理安慰，麥走歪就好。」

換他轉換話題，說要瞭解城隍廟的歷史，就到裡頭問，本要帶我進廟裡去，看攤子前顧客多了起來，我連忙推辭，獨自跨進門檻。

真性情阿伯與其孝順的兒子。（鄭順聰／攝影）

遊記未了

城隍爺神龕前，柵欄隔開一處空間，裡頭擺了張古代的判官桌，文武判官枷爺鎖爺七爺八爺列祀兩旁，氣氛肅穆，我隨處觀覽，發現正殿龍邊的牆堵，有面斜放的「路牌」，上頭的毛筆字寫得精彩。

有位老先生趨前關切，我說我在讀上頭的文字，老先生頗感驚訝，遞了張名片給我，他姓蘇，是梓官城隍爺廟的委員，因陪太太到市場買菜，暫到廟裡歇息。

蘇伯伯解釋說，這世界分陽與陰，陽世由市長負責，陰間則由城隍爺管轄，人若往生，都要到城隍爺面前報到，一般媽祖王爺等神明叫「刈香」，城隍爺要叫「出巡」，因要外出辦事審判，驅除邪靈。蘇伯伯臉色一沈，講起悄悄話，說曾經有間廟被「歹物件」霸佔，城隍爺專程去驅除邪祟，過程非常恐怖，那是他小時候發生的事，光用聽的就毛骨悚然。蘇伯伯眼睛挑向判官桌，說深夜時城隍爺若登堂審判，不時會傳出喝斥杖打的聲音，十分駭人。

梓官的城隍爺頭戴宰相帽，身穿金色袍子，位階崇高，出巡路線分南北兩路，約三年一次，我看到的路牌，乃民國九十九年作醮暨出巡時製作的，這是篇文采瞻然的遊記，也是最好的鄉土教材。不過，讀到地名時我就不會斷句了，蘇伯伯用極為純正的閩南語唸，音韻漂亮極了：

威風凜凜稽他鄉　靈應昭昭護善良
顯化出巡安四境　赫除邪怪滅魔雄

歲次庚寅，序入夏至，榴火舒丹，池荷吐綠，正值福虎生風之際，梓官中崙城隍廟，威靈顯赫，應運承會奉旨出巡，恩準兩夜三天。

先行西南轉東北而凱旋，秉正氣之軒昂，稽查邪魔鬼怪，抱無私之森嚴，掃除疫癘瘟疫。

擇吉於五月十一日卯刻，信眾齊集廟前，排班

路牌。（鄭順聰／攝影）

列序，宜虔誠而致意，勿參差以延遲，旌旗矗起，鼓樂喧天，路關既定，勿亂更遷，禮炮三響，隊伍浩蕩，爰方啟行，向西南前進，首入安厝之境，繞行淵官、大舍甲、赤崁、蚵仔寮、茄苳坑、典寶、援中港、右昌、後勁、楠梓、大社。是夜假青雲宮駐蹕，諸神會集，廣施恩澤，護佑良善。

翌晨十二日，往北而行，經鳳山厝、角厝、燕巢、援招右、滾水、大遼、橋仔頭、仕隆，是夜駐駕九甲圍義山宮。

翌晨十三日，經由三德、芋寮、五里林、劉厝、新後協、舊後協、轉入石螺潭。諸事既畢，於是返旗旋歸，梓官繞境入廟安座。

諸神聖雖顯赫，亦賴信眾以滬從。自此人安神靈，國隆運昌，風調雨順，民康物阜，信眾咸喜，百業亨通。

謹序。

我想多瞭解此廟的歷史，遂細心閱讀碑記。原來，梓官城隍爺廟創建於清嘉慶五年，本奉祀池府千歲，後因蔡姓與淵姓民眾發生土地糾

紛，當時的鳳山縣衙調解不成，台南府遂派遣道爺前來，見兩姓民眾爭吵不休，從人世提升到神界層次調解，倡議改奉祀城隍，當地人民咸表支持，捐地建廟，平息紛爭，從此香火鼎盛，善男信女絡繹不絕。

讀完了碑記，反引起我的好奇：

「那，池府王爺哪裡去了？」

就在中崙，離梓官市中心不遠，空闊的廣場拔起高峨的廟宇與老榕樹，廟公整理東西完便離開，大概回家吃晚餐了。到王爺面前，我被震退三步，臉部黧黑的池府王爺雙眼雞蛋大，發亮的眼白包圍銳利的黑色瞳子，直瞪門外。

兩百年前，被迫配祀到中崙，池府王爺是怎麼想的？王爺的信眾，如何看待這段歷史？

踏出代天府，天邊如顏料沾水滲出彩霞些許，海邊最不可錯過的就是落日，我摩托車趕緊追上。

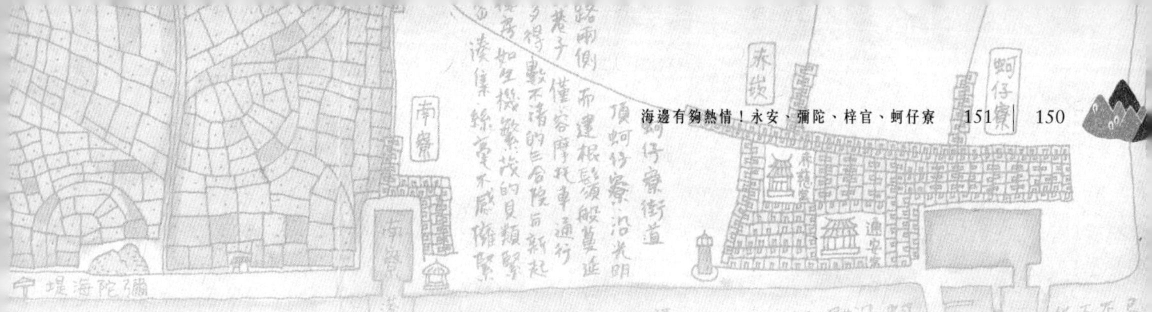

不可思議之海

從梓官、同安厝、淵官、典寶、茄苳坑、蚵仔寮、赤崁，我穿越了此地的祭祀圈，直奔大海。

太陽已完全沈沒。

帶著遺憾在堤岸徘徊，天際仍有些許餘光，還是找個地方看海好了。海堤中段有處廣場，水泥做的長條椅圍繞，我在轉角處坐下。聽說這兒的廟名，都是在神明前擲筊決定的，廣場正對「觀海府」，恰擲中我的心情。每到禮拜四，這裡有熱鬧的海岸夜市，但此時此刻，海風安靜地吹，水泥座位雖然硬邦邦，坐起來卻很舒服。

想到這三天的晃遊，無論是朋友的酒食招待，或在海邊、魚塭、工廠、廟宇、市場、商販遇到的在地人，都以陽光般的熱情迎接，知無不言、言不不盡，恨不得把這裡的美好全告訴我。

如果說，都市人處心積慮就想往精細裡磨做；住海邊的人真的很純粹，敞開心胸，面對天地海洋人群。

我的內心隨著天色沈澱了。

臨海的令旗一排迎風，挺拔軒昂，路燈連同探照燈射出的光在水泥路面交錯，色彩迷離惝恍。

我曾想，住內陸的人們，擁有樹木綠意，可讓雙眼休息、滌淨精神。海邊風強勁，樹木稀落乏綠意，住這兒的人們要往哪裡去？

我真是無知。

大地將樹木推往內陸，騰出無邊的遼闊，要給海邊的人們。

將詩句寫入筆記本，我畫下句點。

黃昏的色彩如此多變。

後記

我相信，找文學，就要到野地去。

《海邊有夠熱情》這本書，是我在蚵仔寮、彌陀、永安、梓官的駐地觀察，人物事件風景都是真的，行文架構之故，時間前後挪移、情節人物略為刪節、過程刻意剪接、情緒文字有所渲染，企圖以個人式、半紀錄片的手法，凝練地呈現海邊的風土人情。

最大的遺憾，缺船員證，沒能搭上船乘風破浪，體驗海的震撼教育。

我生性好奇，喜歡以美好的心情遊歷，此次駐地，當然看到許多社會問題，我都知道，之所以不寫出來，是因我認識尚淺，在沒有全面瞭解之前，不輕易以片面之思介入。

感謝各位受訪者：蔡登財、郭進順、郭吉原、蘇有甲、蘇烟騫、蘇

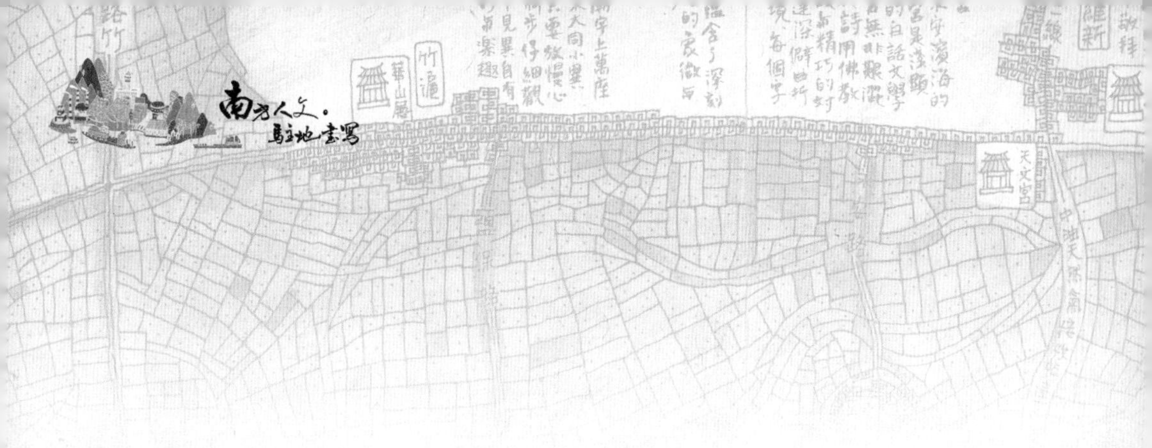

賜吉、曾繁雄、蘇上火、香腸攤蔣先生等人。感謝黃小文小姐的引介，在地文青曾芷玲、余嘉榮之協助，同學黃國斌、楊美惠提供諮詢，好友何佳駿的陪伴，更要感謝旅途中那些熱情的鄉親，溫暖了我的晃遊。

當然，還有高雄市政府與文化局，沒有他們的好創意，這駐地書寫不會開花結果。

內容必有許多不足、錯誤、謬見，讀者若發現，拜託，一定要跟我說。

無論如何，這是我野書寫的開始，如此多的美妙與奇遇，如螢火蟲包囊於文字中，多一個讀者，就亮一盞螢火，一個一個累積，期望在黑夜，照亮整座海洋。

參考書目

《少年台灣》，蔣勳／著，台北，聯合文學：二〇一二年一月。
《台灣的城隍廟》，黃柏芸／著，台北，遠足文化：二〇〇六年一月。
《台灣的漁港》，黑潮基金會／著，台北，遠足文化：二〇〇四年六月。
《台灣的漁業》，胡興華／著，台北，遠足文化：二〇〇二年一月。
《台灣的養殖漁業》，胡興華／著，台北，遠足文化：二〇〇四年九月。
《台灣的鹽業》，張復明．方俊育／著，台北，遠足文化：二〇〇八年十一月。
《台灣重遊》，舒國治／著，台北，大塊文化：二〇〇八年五月。
《台灣魚達人的海鮮第一堂課》，李嘉亮／著，台北，如果：二〇〇七年六月。
《在廟口說書》，王浩一／著，台北，心靈工坊：二〇〇八年十二月。
《李臨秋與望春風的年代》，黃信彰／著，台北，台北市文獻委員會：二〇〇九年，四月。
《男人的菜市場》，劉克襄／著，台北，遠流：二〇一二年九月。
《高雄，慢．漫遊》，台灣千里步道協會／策劃，台北，新自然主義：

二〇一三年六月。
《高縣行腳》，蔡文章／著，台北，愛書人雜誌：二〇〇四年十二月。
《透南風》第二期，余嘉榮／編，台南，穀得影像：二〇一二年，七月。
《陳中和家族史》，戴寶村／著，台北，玉山社：二〇〇八年，七月。
《悲傷》，舞鶴／著，台北，麥田：二〇〇一年七月。
《腹語術》，夏宇／著，台北，現代詩：一九九一年三月。

漁村古厝的精緻門簪。（鄭順聰／攝影）

畫家／林建志

經歷不同領域的工作環境，累積了藝術創作的虛擬想像與現實環境的抒發，依繪本所迸發的特性，研發明信片、筆記本、拼圖、服飾、紀念品等其它的配套媒材，以呈現種種生活情境，擴展延伸產值的可能性。

導演／林欣昉

高雄人，台南藝術大學動畫所畢業，畢業後至上海、台北從事影像工作數年，二〇一〇年創立轉轉映畫工作室。作品曾入圍多倫多電影節、台北電影節、日本亞洲數位圖像、北京電影學院、南方影展等。創作類型包含短片、動畫與多媒體。作品以人性、人與人間的關係、存在、場域為觀照主題。相關作品：《The Truth》(2002)、《妝》(2004)、《浪聲擱淺的地方》(2005)、《流沙》(2006)、《賈西》(2007)……等。

攝影／盧昱瑞

高雄人，是紀錄片工作者，但也喜歡四處拍照。近年來耽溺於用影像來記錄高雄海邊形色生活人文面貌。

南方人文。駐地書寫

國家圖書館出版品預行編目(CIP)資料

海邊有夠熱情：永安、彌陀、梓官、蚵仔寮 / 鄭順聰 著 -- 初版. -- 高雄市：高市文化局, 2013.10
面： 公分 --（南方人文. 駐地書寫）
ISBN 978-986-03-8702-5（平裝）

855 102022296

海邊有夠熱情

永安、彌陀、梓官、蚵仔寮

文　　字 | 鄭順聰
攝　　影 | 盧昱瑞、鄭順聰
繪　　圖 | 林建志
刊頭設計 | 陳虹伃
BV導演 | 林欣昉
主 網 站 | 南方人文 · 駐地書寫 http://w9.khcc.gov.tw/writingsouth/

出 版 者 | 高雄市政府文化局
發 行 人 | 史哲
企劃督導 | 劉秀梅、郭添貴、潘政儀、陳美英
行政企劃 | 林美秀、張文聰、陳媖如
地　　址 | 802 高雄市苓雅區五福一路67號
電　　話 | 07-2225136　傳　　真 | 07-2288814
網　　址 | www.khcc.gov.tw

編輯承製 | 印刻文學生活雜誌出版有限公司
總 編 輯 | 初安民
編輯企劃 | 田運良、林瑩華
視覺設計 | 黃裴文
地　　址 | 235 新北市中和區中正路800號13樓之3
電　　話 | 02-22281626　傳　　真 | 02-22281598
網　　站 | www.sudu.cc

總 經 銷 | 成陽出版股份有限公司
電　　話 | 03-3589000　傳　　真 | 03-3556521
郵政劃撥 | 19000691 成陽出版股份有限公司

指導單位 文化部 MINISTRY OF CULTURE

共同出版 高雄市政府文化局 Bureau of Cultural Affairs Kaohsiung City Government　INK 印刻文學生活誌

初版一刷 2013年10月
定價 220元
ISBN 978-986-03-8702-5　GPN 1010202499